W0237011

Bronstein dans le Bronx

Du même auteur

Mère Russie, Plon, 1979 ; J'ai lu, 2023.
Le Transfuge, Presses de la Cité, 1980 ; Points, 2010.
L'Amateur, Presses de la Cité, 1982 ; J'ai lu, 2022.
La Boucle, 10-18, 1983.
Les Sœurs, Presses de la Cité, 1985 ; Points, 2011.
Le Cercle Octobre, 10-18, 1985 ; J'ai lu, 2022.
Coup de barre, 10-18, 1988.
Les Larmes des choses, Julliard, 1989.
Un espion d'hier et de demain, Julliard, 1991 ; J'ai lu, 2023.
Ombres rouges, Denoël, 1992 ; Gallimard, 1999.
Le Sphinx de Sibérie, Denoël, 1994 ; Gallimard, 1996.
Les Enfants d'Abraham, Denoël, 1998 ; Gallimard, 2000.
Le Fil rouge, Denoël, 1999 ; Gallimard, 2007.
La Compagnie : le grand roman de la CIA, Buchet-Chastel, 2003 ; J'ai lu, 2022.
Légendes, Flammarion, 2005 ; J'ai lu, 2022.
La Défection de A. J. Lewinter, J'ai lu, 2006, 2022.
L'Hirondelle avant l'orage, Baker Street, 2009 ; Points, 2022.
Philby : portrait de l'artiste en jeune homme, Baker Street, 2011 ; Points, 2012.
Une belle saloperie, Baker Street, 2013 ; Points, 2014.
Requiem pour une révolution : le grand roman de la révolution russe, Baker Street, 2014 ; J'ai lu, 2024.
Vladimir M., Baker Street, 2016 ; Points, 2017.
Koba, Baker Street, 2019 ; Points, 2022.
La Peste sur vos deux familles, Flammarion, 2022 ; J'ai lu, 2023.

Robert Littell

Bronstein dans le Bronx

roman

Traduit de l'anglais (États-Unis)
par Cécile Arnaud

Flammarion

Bronstein dans le Bronx est une œuvre de fiction. Les événements, les lieux, les personnages, leurs actions et leurs propos, bien qu'inspirés de faits réels, sont le fruit de l'imagination de l'auteur ou ont été modifiés pour être utilisés au service du roman.

Titre original : *Bronshtein in the Bronx*
© Robert Littell, 2024
Pour la traduction française :
© Flammarion, 2024
ISBN : 978-2-0802-8373-3

À mon frère, Alan,
fils aîné de Leon Litzky.

AVANT-PROPOS

Je dois avouer une étrange obsession : Lev Davidovitch Bronstein. Pas son idéologie marxiste ni sa brutalité pendant la guerre civile russe de 1918-1922, pas la vendetta l'ayant opposé à Joseph Staline ni son départ forcé de l'Union soviétique en 1929, pas son assassinat de sang-froid, en 1940, sur ordre de Staline, d'un coup de piolet dans la tête pendant son exil mexicain. Non, mon obsession a pour origine le nom de guerre sous lequel l'histoire et le monde connaissent Bronstein : Léon Trotski.

Je m'explique : mon père, né aux États-Unis en 1896, s'appelait Leon Litzky. En 1919, il s'est adressé à un juge de New York pour changer son nom de famille en Littell. J'ai en ma possession les papiers officiels dans lesquels il lui en expliquait la raison : mon père prétendait subir de continuelles moqueries parce que son nom, Leon Litzky, ressemblait à celui d'un infâme révolutionnaire russe (comme on qualifiait ces gens-là à l'époque) qui avait vécu dix semaines et deux jours en exil dans le Bronx avant la révolution de 1917, Léon Trotski.

Le juge a sûrement réprimé un sourire en accédant à la requête de mon père. Aucun New-Yorkais un tant soit peu informé n'aurait pu ignorer qui était Trotski : dirigeant, à l'âge tendre de vingt-six ans, du tout premier soviet (« conseil ») du monde lors de l'éphémère révolution russe de 1905 ; menchevik rallié aux bolcheviks, devenu ensuite l'alter ego de Lénine et rentré peu après lui en Russie à la suite de l'abdication de Nicolas II ; organisateur du soulèvement qui avait renversé le gouvernement provisoire post-tsariste et amené Lénine et ses bolcheviks – et pour finir Staline – au pouvoir, et plus tard fondateur et chef de l'Armée rouge qui avait défendu la révolution pendant la féroce guerre civile russe.

C'est ainsi que mon père, ses deux fils, ses quatre petits-fils et huit arrière-petits-enfants sont devenus des Littell. Et c'est pourquoi je n'ai pas pu m'empêcher d'imaginer les dix semaines et deux jours passés par Trotski à New York avant la révolution bolchevique de 1917.

Le résultat en est *Bronstein dans le Bronx*.

« La conscience, ce visiteur qu'on n'a pas invité [1]. »

Alexandre Pouchkine

« Ma conscience a mille langues diverses [2]… »

Le roi Richard dans *Richard III*,
de William Shakespeare

---

1. *Le Baron avare*, dans *Poèmes dramatiques*, Hachette, 1862, traduction d'Ivan Tourgueniev et Louis Viardot.
2. Aubier, 1998, traduction de Pierre Leyris.

1

Nous serons des Russes en Amérique…

Que je vous raconte : quand, blanc-bec de treize ans, j'étais de corvée dans la porcherie de mon père, à un jet d'étron du village de Ianovka, dans la steppe fertile d'Ukraine où les trous du cul tsaristes autorisaient le rare juif du coin à exploiter la terre qu'il possédait, je consacrais une poignée de minutes après mes tâches du soir à converser avec ma vaniteuse conscience, que je me représentais du genre masculin, parce que la voix dans ma tête avait une ressemblance suspecte avec l'aboiement hargneux de Leon Litzky, l'ennemi juré de mon enfance, le camarade de classe éclopé qui s'était cassé la cheville après un botté de transformation trop vigoureux, ce fils de pute éclaboussé de sang qui m'avait un jour attaqué avec sa béquille en bois parce que j'avais refusé de signer le plâtre de sa jambe. Ma conscience, comme Litzky, était l'esprit de contradiction incarné. Si je disais noir, on pouvait compter sur lui pour dire blanc. Si je soutenais que, d'après mon thème astral, j'étais voué à devenir célèbre, il rétorquait, la lèvre inférieure retroussée de mépris, qu'étant né sous une étoile filante je deviendrais en effet tristement célèbre. Si je défendais les avantages de la révolution permanente (une notion déjà débattue durant mon adolescence marquée par l'acné), le rire silencieux de Litzky me chatouillait l'oreille tandis qu'il m'informait que les seules choses permanentes en ce bas monde étaient l'Église orthodoxe russe, la chasse aux juifs et la masturbation, tout ça et la Grande Faucheuse. Si je me vantais d'avoir fini deuxième à la Realschule Saint-Paul d'Odessa, j'entendais son reniflement dédaigneux à mon oreille. *Vu la concurrence, Bronstein, tu aurais dû envoyer valser le premier de la classe.* Quand je lui rappelais que je ne savais pas valser, il répliquait avec un rire dément : *Décoince-toi, Bronstein, et apprends à danser !*

Je n'ai jamais appris.

Ce samedi matin de 1917, treizième jour de janvier de la troisième année de la Grande Guerre, alors que le vapeur *Montserrat*, un tas de ferraille carburant au charbon parti de Barcelone dix-sept jours plus tôt, ralentit pour embarquer le pilote du port et passa devant le cheval de Troie que les rusés Français avaient offert à la naïve Amérique (je parle de la colossale statue de femme mal surnommée Lady Liberty), je commis l'erreur de me vanter de m'être échappé des prisons sibériennes du tsar non pas une, mais deux fois (la seconde en traversant plus de mille cinq cents kilomètres de toundra gelée sur un traîneau tiré par des rennes). Ma conscience, un dur à cuire qui se flattait d'être la meilleure part de moi-même, me chuchota : *Tu t'es échappé, Bronstein, mais tu as abandonné ton épouse légitime, Alexandra Lvovna, la mère de tes deux petites filles, Ninouchka et Zinouchka, les laissant se débrouiller seules en Sibérie.* Ma femme m'a encouragé à sauver ma peau, protestai-je. *La femme en question, une camarade cultivée qui avait lu son Marx de la première à la dernière page avant même que tu connaisses l'existence du bouquin, aimait manifestement plus son mari que son mari ne l'aimait,* répliqua-t-il.

La femme en question, lançai-je avec impatience, lisait une traduction anglaise des *Remèdes à l'amour*, d'Ovide – qui expliquait aux femmes comment se *déprendre* –, et Alexandra, s'inspirant de ce briseur de ménage qu'est Ovide, m'a informé qu'elle ne m'aimait plus. Elle a tourné la page et j'ai tourné les talons. Tout ça, c'est de l'histoire ancienne.

Espérant qu'un changement de sujet amènerait la conversation sur un terrain plus favorable, je fis remarquer que j'étais impatient de poser le pied dans le Nouveau Monde. Litzky, aussi incorrigible qu'une mule myope, eut du mal à ravaler son exaspération. *Après avoir été expulsé de Russie, d'Autriche, de Suisse, de France et plus récemment d'Espagne, pas étonnant que tu sois impatient d'arriver en Amérique. Mais l'Amérique est-elle impatiente de recevoir un menchevik comme toi ?*

Je l'interrompis pour mettre les choses au point : à une époque, informai-je mon ennemi Litzky, en tant que menchevik ayant un pied dans chacune des deux factions du parti ouvrier social-démocrate en état de confusion chronique, je me considérais comme seul capable de réconcilier les mencheviks grincheux avec les bolcheviks grognons de Vladimir Ilitch et d'unifier la révolution qui habitait les rêveries et les cauchemars du vieux. Mais j'avais dû me rendre à l'évidence : nous perdions une énergie et un temps précieux à chercher l'unité. La guerre qui faisait rage en Europe, la menace de voir les Américains du président Wilson y participer, l'affaiblissement du tsar si la Russie avait la bonne idée de la perdre, tout cela exigeait de passer à l'action, au lieu de pinailler sur des virgules et des deux points dans la quête désespérée d'un compromis. À croire que je m'identifiais désormais plus facilement aux bolcheviks de Lénine qu'à ses adversaires mencheviks. Malgré ses défauts, poursuivis-je avant que la soi-disant meilleure part de moi-même puisse interrompre mon interruption, malgré son narcissisme, malgré son tempérament explosif, malgré sa grossièreté revêche et ses certitudes querelleuses, malgré son haleine rance, le strabisme de ses yeux mongols et une absence totale d'humour pour compenser tout le reste, Volodia – oui, Lénine et moi nous appelons par nos prénoms – Volodia, disais-je, a le cran de pousser le lumpenprolétariat à se bouger le cul. Je reconnais qu'on n'est pas toujours d'accord…

Pas toujours d'accord ! C'est l'euphémisme du siècle. À la minute où tu es allé voir le grand chef bolchevique exilé à Londres – juste après t'être enfui de Sibérie en 1902, si je me souviens bien, tu es allé frapper à la porte de Lénine à Holford Square, ta casquette à la main – vous vous êtes affrontés. Tu l'as accusé d'être dictatorial, de douter de la capacité des ouvriers à amener le socialisme en Russie. Il t'a traité de Judas et t'a accusé de débiter des formules ampoulées en défendant des théories absurdes. Tonnerre de Dieu, tu le détestais la dernière fois qu'il en a été question. Et la fois d'avant aussi.

J'ai le droit de revoir mes positions, merde alors ! Pour Vladimir Lénine, la révolution en Russie est une fin en soi ; pour moi, elle se doit d'être contagieuse. Mais avant de pouvoir se disputer pour savoir où et quand finit la révolution, encore faut-il qu'elle commence. Et si quelqu'un est capable d'inciter le prolétariat russe léthargique à la faire, qui suis-je pour ergoter à cause d'une mauvaise haleine ? *D'accord, d'accord, je me le tiens pour dit. Mais tu ne réponds pas à la question, Bronstein : les Américains sont-ils impatients de voir l'un des bolcheviks de Lénine s'échouer tout mouillé sur leurs côtes ? Vont-ils au moins te laisser entrer lorsqu'ils découvriront que tu es le fameux – ah, je devrais dire l'infâme ! – Léon Trotski, espérant allumer la mèche de la révolution mondiale ici en Amérique ?*

Bon sang de bois, ça suffit ! Cette conscience bouillonnante qui était la mienne avait le don de me mettre en rogne. Je savais quand j'étais en rogne, parce que j'avais mal aux dents. En cet instant, j'avais mal aux dents. Pris de panique – j'étais arrivé sur le seuil du Nouveau Monde avec l'espoir de repartir de zéro – je dis à mon ennemi Litzky d'aller se faire foutre. Et il y alla d'un air maussade, me laissant avec l'illusion qui m'avait conduit à New York : que la révolution en Amérique puisse être ne serait-ce qu'imaginable.

Et pour l'imaginer, ça, je l'imaginai. C'est bien là le cœur, l'âme, les tripes, la prostate, les intestins et les testicules de cette histoire. Je fantasmai même les gros titres : LE JUIF RUSSE TROTSKI ALLUME LA MÈCHE SOCIALISTE DANS L'AMÉRIQUE CAPITALISTE.

Si seulement.

La ritournelle de Litzky – *Vont-ils au moins te laisser entrer* ? – résonnait dans mes oreilles. Aussi douloureux que ce soit à admettre, ma conscience n'avait pas tort. J'avais passé les contrôles de sécurité pour embarquer sur le *Montserrat* à Barcelone, avec ma compagne de longue date et amante, Natalia Sedova, et nos deux fils, Sergueï, neuf ans, et Liova, onze ans, en utilisant des faux papiers au nom de Zratski, Sergueï, profession journaliste, une activité qui m'avait plus ou moins permis de faire bouillir la marmite depuis que j'avais été expulsé de Russie dix ans plus tôt. Plusieurs de mes articles, rédigés sur le front des Balkans pour un petit journal d'émigrés russes, avaient été repris par de grands quotidiens français et allemands, et même s'ils étaient sous-titrés « Dépêches télégraphiques » et non signés « Léon Trotski, correspondant de guerre », la somme scandaleusement dérisoire payée pour les droits de reproduction finissait tout de même par ruisseler jusqu'à votre serviteur. La violence de la guerre balkanique m'a marqué, je suis le premier à l'admettre. J'associe toujours l'odeur du tabac aux poux – les soldats, les réfugiés, les journalistes comme moi avaient l'habitude de saupoudrer leurs vêtements du précieux tabac pour se débarrasser des poux porteurs du typhus. Il m'arrive encore de faire des cauchemars dans lesquels je visite des salles d'hôpital pleines de jeunes soldats automutilés – ils s'arrachaient le doigt ou l'orteil d'une balle, en veillant à tirer à travers une miche de pain rassis pour ne pas laisser sur la plaie des traces de poudre révélatrices.

Je sentais les plaques métalliques au sol vibrer sous les semelles usées de mes bottes alors que le *Montserrat* inversait ses moteurs et s'approchait en douceur du quai 8 dans le détroit à l'est de l'île de Manhattan. On entendait les cris étouffés des marins aux manœuvres. Sergueï, en chaussettes, grimpa sur sa couchette pour regarder par le hublot et, les yeux et la bouche grands ouverts d'émerveillement, contempla la chaîne d'immeubles qui se découpaient en ombres chinoises sur le chatoiement jaune s'étendant comme un brouillard au-dessus de Manhattan. « Viens voir, papa ! s'exclama-t-il. Certains immeubles ont au moins douze étages – oh là là, ils grattent le bas du ciel.

— Ne te laisse pas impressionner par les grands buildings, dis-je. Ils sont bâtis sur les squelettes des ouvriers. Et on risque de se rompre le cou, littéralement, si on reste trop longtemps à lorgner leurs toits.

— Papa, c'est vrai qu'on gâche un tiers de sa vie à dormir ?

— Certains affirment qu'on gâche deux tiers de sa vie éveillé.

— Qui a raison ?

— Ça dépend.

— De quoi ?

— De ce qu'on fait des deux tiers qu'on passe éveillé.

— Et qu'est-ce qu'on devrait faire ?

— On devrait faire la révolution.

— C'est quoi, la révolution, papa ?

— Lev ! » s'exclama Natalia.

Les cloches du bateau résonnèrent dans le haut-parleur. « Six coups, dit gaiement Liova. Ça fait quelle heure, papa ? » Quand je lui répondis qu'il était trois heures du matin, il émit un petit rire. « Ma parole, je n'ai jamais été debout aussi tard !

— Trois heures du matin, c'est si tard que c'est tôt », fis-je remarquer. Je passai les doigts avec délectation dans les cheveux crépus de mon fils. « *Ranniaya ptachka lovit tcherviaka* – c'est l'oiseau du matin qui attrape le ver de terre, lui rappelai-je.

— Je ne mange pas de vers de terre, annonça Liova, craignant manifestement de me contrarier. Tu sais bien que je compte être végétarien quand je serai grand.

— Si tu grandis, murmurai-je.

— Tiens ta langue, Lev, me dit Natalia à voix basse.

— Moi non plus, je ne mange pas de vers de terre, papa, dit joyeusement Sergueï.

— Nos enfants ne mangent pas de vers, informai-je Natalia, la mine impassible.

— C'est déjà ça, marmonna-t-elle.

— Est-ce qu'on sera américains en Amérique ? demanda Liova.

— Nous sommes russes, répondis-je. Nous serons des Russes en Amérique.

— Pourquoi souris-tu ? me demanda Natalia, bouclant les courroies des sacs en toile des garçons.

— Je souris parce que j'ai enfin trouvé le courage d'envoyer ma conscience... » Je remuai les lèvres pour exprimer les derniers mots « se faire foutre ».

« Papa dit encore des gros mots ? s'exclama Liova. Quand il bouge les lèvres comme ça, c'est qu'il dit des vilaines choses qu'il ne veut pas qu'on entende.

— On est toujours la famille Zratski, papa ? voulut savoir Sergueï.

— Je préfère Trotski, affirma fièrement Liova.

— Je préfère Bronstein, dit Natalia, mais comme l'a découvert Lady Liberty en brandissant sa torche pour éclairer le chemin des immigrants arrivant en Amérique, personne ne prend les femmes au sérieux.

— Moi, je prends les femmes au sérieux, la corrigeai-je, quand elles sont engagées dans la révolution mondiale. Ta Lady Liberty est un personnage de conte de fées créé pour nous vendre l'idée de l'exceptionnalisme américain. L'exceptionnalisme américain, soit l'autre nom de l'arrogance américaine, est la justification tacite de l'exploitation par l'Amérique du reste du monde civilisé.

— Ça veut dire quoi, exception-isme, papa ? demanda Sergueï.

— L'exceptionnalisme est une théorie selon laquelle le capitalisme américain constitue une exception aux lois économiques gouvernant le développement historique des nations. »

Impossible de manquer l'ombre d'un sourire fugace sur les lèvres pâles de Natalia. « Par pitié, Lev, dit-elle. Il a neuf ans !

— Quand j'avais neuf ans… »

Natalia posa un index sur mes lèvres. « À d'autres, dit-elle. Le Lev Bronstein dont je partage le lit depuis d'innombrables années n'a jamais eu neuf ans. »

L'égocentrique Litzky ne put s'empêcher d'ajouter son grain de sel. *C'est aussi mon avis, Bronstein.*

Quand les autres garçons de ce pitoyable patelin de Ianovka jouaient encore au jeu de puces, tu élaborais un scénario moins conventionnel – tu as tourné le dos au petit juif de corvée de cochons et, pareil à un acteur déboulant sur scène, tu t'es réinventé en révolutionnaire pur jus.

Bon sang, je croyais à la révolution ! À l'instar de ce grand chef de gare prolétarien Karl Marx, je la voyais comme la locomotive de l'histoire…

Tu croyais à la révolution parce que tu estimais que c'était un des rares moyens pour un juif russe d'attirer l'attention pleine et entière du monde.

Ton problème, camarade Litzky, c'est que tu es accro aux raisons cachées – tu angoisses si tu n'as pas ta dose quotidienne. Que je t'explique : au début, il y avait peut-être… D'accord, d'accord, admettons qu'il y ait une part de vérité dans ce que tu dis. Mais mes deux séjours dans la glacière sibérienne du tsar ont transformé le tiède militant syndical en révolutionnaire passionné. Je veux dire par là que je ne faisais pas que croire à la nécessité de la violence qu'on appelle révolution, je la vivais.

J'eus l'impression d'entendre Litzky, qui n'appréciait pas d'être contredit, applaudir. *Tu n'as toujours pas compris, n'est-ce pas, Bronstein ? Tu as peut-être réussi à te convaincre que tu y croyais. Mais ce que tu convoitais, même avant l'âge de ta première branlette, c'était l'attention. Et ça n'a pas changé depuis.*

— Es-tu vraiment obligé d'empoisonner toute conversation avec tes conneries freudiennes ? demandai-je.

Ne te gêne pas, mon vieux Bronstein – sens-toi libre de me couper la chique comme tu as éteint le Victrola à manivelle dernier cri dans la cafétéria du Montserrat, *qui jouait en boucle le seul disque disponible – un de mes préférés, soit dit en passant, le* Concerto pour piano n° 2 *de Rachmaninov, avec le maestro en personne au clavier. Vas-y, Bronstein – vas-y si tu l'oses. Ah ! C'est bien ce que je pensais. Tu ne musèleras pas la meilleure part de toi-même, parce que le fait d'entendre une conscience murmurer à ton oreille te permet de te sentir moralement supérieur.*

Natalia leva un regard inquiet. « Tu me fais peur, Lev, à lui parler tout le temps.

— Moi aussi, je me fais peur, mais c'est plus fort que moi : dans ma tête, j'entends les délires de mon ennemi juré à la cheville cassée, Leon Litzky, qui se berce de l'illusion qu'il est la meilleure part de moi-même. » Je pris une profonde inspiration. « Il y a des jours où je regrette d'être entré en contact avec ma conscience. Mais tout bien considéré… »

Va au bout de ta pensée, Bronstein. Natalia est pendue à tes lèvres. Moi aussi. Tout bien considéré ?

« Tout bien considéré, une conscience est un ami utile quand on tente de se frayer un chemin en somnambule dans cette purée de pois qu'on appelle la vie. »

Ta gueule, Bronstein.

Quoi, ma gueule ? demandai-je.

« Papaaa ! » s'exclamèrent les garçons en un chœur indigné.

Coinçant mon binocle sur l'arête de mon nez, je sortis les passeports russes aux noms de Bronstein planqués dans la doublure de ma valise. Chacun était imprimé sur une feuille de papier à lettres ornementée, gravée de l'aigle impérial. « Si on vous pose la question, soyez gentils de vous souvenir que nous sommes la famille Bronstein, informai-je les garçons. Je doute fort que les inspecteurs de l'immigration, emprisonnés à vie dans la forteresse de leur exceptionnalisme américain, reconnaîtront le nom. Répétez vos noms, s'il vous plaît, leur demandai-je.

— Bronstein, Liova.

— Bronstein, Sergueï.

— Moi aussi, j'utiliserai mon vrai nom, Sedova Natalia, et je suis ravie que vous trois entriez en Amérique sous le patronyme Bronstein », dit Natalia. Elle me gratifia d'un de ses regards réprobateurs. « Au moins, peigne-toi avant de poser le pied dans le Nouveau Monde, par pitié. Tu vas donner une mauvaise image des révolutionnaires russes, avec cet air de clochard dépenaillé aux cheveux emmêlés.

— Nata, mon amour, ma victime, ce que tu vois, ce sont mes cheveux peignés », l'informai-je froidement, en remontant mes épaisses chaussettes jusqu'à l'élastique de mes knickers et en faisant un double nœud aux lacets de mes bottes.

Natalia sortit ma casquette d'ouvrier allemand de son sac à dos. « Tu fais bien de le préciser », dit-elle. Et elle eut ce rire crispé qui contenait plus d'impatience que d'humour.

2

Vous êtes venu dans le mauvais pays…

Mon sac en toile des surplus de l'armée serbe (une relique des mois passés à couvrir l'impitoyable guerre des Balkans) et nos deux valises à nos pieds, Natalia, Liova, Sergueï et votre serviteur Bronstein, copain de Litzky, se retrouvèrent dans la file juste devant deux marins de commerce américains dont le bateau avait été torpillé par un sous-marin allemand et qui avaient embarqué sur le *Montserrat* pour rentrer aux États-Unis. Le plus jeune des deux, au menton pointu recouvert d'une barbiche de trois jours, rompit le silence pesant en lançant à la cantonade qu'ils avaient de la chance d'être en vie. « Notre navire transportait une cargaison de deux mille chevaux et mules, confia-t-il comme s'il révélait une information top secrète du ministère de la Guerre. On a réussi à affaler la chaloupe et à sauver notre peau, mais derrière nous, c'était un cauchemar terrifiant. Jésus, Marie, Joseph, la vue de ces chevaux et de ces mules en train de se débattre dans la mer – leurs hennissements affolés pendant qu'ils se noyaient… Ça me hantera jusqu'au jour de ma mort.

— Vous seriez aimable d'épargner à mes fils les détails effarants, dit Natalia d'un ton brusque, sans quoi vous leur donnerez des cauchemars à eux aussi. »

Je portais ce que Nata appelait mon armure : le manteau en peau de phoque raide que j'avais acheté d'occasion au marché aux puces à Paris et utilisé comme couverture lors d'interminables voyages en train à travers l'Europe, ainsi que le foulard que Nata m'avait confectionné à partir d'une combinaison en soie effilochée qui, ayant été portée contre sa peau, puait l'érotisme. Nata était emmitouflée dans son épais manteau en laine, au col de fourrure si usé qu'on aurait cru que l'animal avait perdu ses poils avant d'être abattu. Comme moi, les garçons étaient vêtus de knickers en velours côtelé avec de hautes chaussettes en laine qui gratte et de manteaux d'hiver ceinturés qu'on avait payés une fortune à Paris. « Papa, dit Sergueï d'un ton plaintif, me donnant un petit coup pour attirer mon attention. On est bientôt arrivés ? »

J'entendis Litzky marmonner à mon oreille : *Tu es sûr que les agents des douanes ne feront pas le lien entre Bronstein et Trotski ?*

La seule chose dont je sois sûr, c'est la date, me dis-je. Et, d'une voix qui résonna autour de moi, j'annonçai : « On est samedi, le 13 janvier de l'an de grâce 1917.

— L'an de grâce ! s'exclama Nata. Ce sera quoi, la prochaine fois ? Tu troqueras ta casquette d'ouvrier contre une kippa ? Et qu'est-ce qui te prend d'annoncer la date ? Je t'en supplie, ne me dis pas que tu n'as rien de mieux à faire que bavasser avec ce démon qui te sert de conscience.

— Je n'ai rien de mieux à faire », plaisantai-je pour la mettre en rogne. À en juger par l'éclat glacial de ses magnifiques yeux verts, j'avais réussi mon coup.

Grattant un favori broussailleux dégoulinant le long de sa pommette rubiconde d'Irlandais, le policier qui dirigeait la circulation à la porte de la salle à manger cria : « Suivant ! »

C'est toi, mon vieux Bronstein, annonça Litzky. *C'est toi le suivant.*

Tenant le sac en toile et une de nos valises, je traversai la salle à manger des premières classes du bateau, dont les fenêtres panoramiques ruisselaient de larmes de condensation, jusqu'à un jeune homme mince, au front haut, qui siégeait derrière une table. Il portait un nœud papillon, le premier que je voyais sur un spécimen masculin vivant, et tirait sur un cigarillo malodorant. Il ne leva pas les yeux quand je flanquai nos quatre passeports sur la table. Le porte-nom en bois indiquait : John E. Hoover, Bureau des investigations. Retirant le cigarillo de sa bouche, il daigna enfin me jeter un coup d'œil. « Lequel de ces passeports est le vôtre ? » voulut-il savoir. Je posai la paume à plat sur celui où figurait ma photo. Le jeune homme agita distraitement la main pour dissiper la fumée du cigarillo et se pencha sur le document pour lire mon nom. « Bronstein, Lev », marmonna-t-il pour lui-même. Il parcourut d'un index épais le manifeste du navire. « C'est drôle, il ne semble pas y avoir de Bronstein sur la liste des passagers, fit-il remarquer. Se pourrait-il que vous ayez embarqué à Barcelone sous le nom de Zratski, Sergueï ? » M'examinant de ses yeux injectés de sang à travers les volutes de fumée, il reprit : « Bienvenue en Amérique, monsieur Trotski, alias Zratski, alias Bronstein. »

Je reconnais avoir été surpris de l'entendre prononcer le nom Trotski. « Bronstein est le nom de mon père, et le mien », insistai-je.

Un sourire blasé entaché de mépris réussit à atteindre les lèvres délicates de M. Hoover. « Corrigez-moi si je me trompe : Bronstein est un nom israélite. »

Tu marches sur des œufs, murmura Litzky à mon oreille. *Quelque chose me dit qu'il ne tient pas les juifs en haute estime.*

M. Hoover ouvrit un dossier dont il sortit un numéro du *New York Call*. Il poussa le journal sur la table pour que je puisse lire la manchette. Sur la première page s'étalaient ma photo et le titre : CHASSÉ D'EUROPE, LÉON TROTSKI COMMENCE

UNE CARRIÈRE DE JOURNALISTE RADICAL AUX ÉTATS-UNIS. Hoover eut cette fois du mal à réprimer un petit sourire satisfait tant il se délectait de ma gêne. « Oui, oui, vous voyez que nous savons qui vous êtes, monsieur Trotski, Léon. Nos agents du Bureau des investigations ont rassemblé des informations vous concernant – nous connaissons votre âge, votre taille, votre poids et la couleur de vos yeux, nous savons que vous êtes allergique au pollen et aux cacahouètes, que vous êtes droitier et, idéologiquement parlant, un tout petit peu plus à gauche que votre Vladimir Oulianov, alias Lénine. Dites-moi, par curiosité, où Bronstein est-il allé chercher ce nom de Trotski ?

— Le Trotski original était gardien de prison à Odessa – et plus humain que les juges qui, au terme d'un procès de dix minutes, m'ont condamné à passer le restant de mes jours en Sibérie. Je signe mes articles Trotski. C'est mon nom de plume et mon nom de guerre, selon que j'écris ou que je me bats.

— Nous ne sommes pas en guerre, ici, en Amérique – pas encore, quoique si le président Wilson obtient gain de cause et que les sous-marins allemands continuent de couler nos navires marchands nous ne tarderons pas à participer au conflit européen. Donc, pour le moment, vous n'avez pas l'utilité d'un nom de guerre. » Riant sous cape de sa propre bouffonnerie, Hoover lissa le passeport de Natalia. « La femme qui voyage avec vous n'est pas une Bronstein. Natalia Ivanovna Sedova est-elle votre épouse légitime et a-t-elle préféré, telles ces suffragettes asexuées, garder son nom de jeune fille plutôt qu'adopter celui de son mari ?

— Elle est ma compagne illégitime et la mère de mes deux fils.

— Vous êtes venu dans le mauvais pays, dit John E. Hoover. Dieu merci, c'est encore l'Amérique puritaine, ici, monsieur Trotski. Il est mal vu d'exhiber une maîtresse. » Il encra son tampon, souffla dessus et l'abattit sur chacun de nos passeports. Je récupérai les documents, les repliai et les rangeai dans une poche intérieure de mon manteau en peau de phoque.

L'haleine rance de Litzky me chatouilla l'oreille. *Allez, demande-lui, bon sang ! Il a tamponné les passeports, qu'est-ce que tu as à perdre ?*

Encouragé par ma conscience, je me lançai. « Vous permettez que je vous pose une question, monsieur Hoover ? Si votre Bureau des investigations et vous êtes convaincus que je représente une menace pour votre Amérique puritaine, pourquoi me laissez-vous entrer ? »

Excellente question, commenta Litzky avec un ricanement appréciateur. *Tu as du cran, en fin de compte.*

M. Hoover se carra sur sa chaise, tira sur son cigarillo et observa au bout la cendre qui s'allongeait d'un regard singulièrement inexpressif. « Excellente question, admit-il. Vous avez du cran, en fin de compte – et, l'espace d'un instant terrifiant, je me demandai si le Bureau des investigations de M. Hoover était capable d'espionner mes conversations avec Litzky. Il n'y a pas de mal à vous le dire puisque la presse juive l'a expliqué dans un éditorial de bienvenue pour votre arrivée à New York. À l'heure actuelle, nos socialistes maison sont obsédés par le temps de travail, les salaires et – j'essaie de ne pas m'esclaffer à ces mots – les congés payés. La révolution ne figure pas parmi leurs obsessions. Un génie plus haut placé que moi dans la hiérarchie a décidé que si on réussissait à radicaliser les barons socialistes, c'en serait fini d'eux – ils se feraient éjecter de la tribune sous les moqueries s'ils essayaient de persuader la base de se mutiner. Les Américains rêvent peut-être d'augmentations de salaires, de la semaine de quarante heures et de congés payés, mais ils rechignent à l'évolution et craignent la révolution. Les Américains, monsieur Trotski, aiment l'Amérique telle qu'elle est. Vous, avec vos appels échevelés au soulèvement, allez vacciner notre classe ouvrière et prolonger son immunité. Mais je vous conseille de faire gaffe. Si on vous surprend ne serait-ce qu'à traverser la rue en dehors des clous, vous finirez dans une de nos prisons à nettoyer les latrines.

— J'ai déjà vu des prisons de l'intérieur dans ma vie, l'informai-je. J'ai nettoyé plus de toilettes que je n'ai chié dedans. »

Je n'étais pas sûr qu'il m'ait entendu. « Au pire du pire, disait M. Hoover, vous pourrez toujours utiliser votre nom de plume pour écrire un article comparant nos prisons américaines à vos prisons russes. » Il n'en avait pas fini avec moi. « Ne vous y trompez pas, ajouta-t-il, sa voix réduite à un grommellement rauque qui n'était pas sans rappeler un aboiement étouffé. Si ça ne tenait qu'à moi, les anarchistes impies comme vous, qui prêchent la destruction violente de notre mode de vie américain, seraient sur le premier bateau en partance pour la Russie.

— Une chance que ça ne tienne pas qu'à vous. »

3

Ce que je préfère, c'est le fox-trot…

L'air glacial me piqua les narines et embua mon pince-nez quand je sortis sur le pont avant l'aube. Des réverbères et des lampes frontales transperçaient l'obscurité et projetaient des ombres dans toutes les directions. Une dame âgée vêtue d'une capote de l'armée trop grande de plusieurs tailles éparpillait ce qui semblait être des miettes de pain sur une rampe de chargement, tandis que des mouettes criaient des remerciements au-dessus de sa tête. Alors que, sac en toile et valise en main, je descendais la passerelle en m'assurant que Nata et les enfants suivaient, j'entendis le hennissement aigu de chevaux attachés à des lampadaires dans la rue derrière le quai et je me plus à imaginer qu'ils protestaient contre l'exploitation équine par les propriétaires d'écuries capitalistes. Les hennissements me rappelèrent le proverbe russe préféré de mon père, celui dans lequel un conquérant mongol se plaint de ne pas avoir d'étriers – à la réflexion, ça paraissait résumer ma triste situation en Amérique. Dans l'obscurité en train de se dissiper, j'aperçus une petite foule sur le quai 8, environ trente ou quarante personnes qui tapaient des pieds pour se protéger de la morsure du froid et exhalaient à chaque expiration de petits nuages de givre dans l'air glacial du matin. Je me demandai qui ils étaient venus accueillir, avant de prendre conscience que c'était moi.

« Le voilà !

— Monsieur Trotski !

— Par ici, monsieur Trotski !

— Léon, s'il vous plaît, un sourire-de-plaisir-d'être-en-Amérique ! »

Des flashs crépitèrent au moment où les premiers pâles rayons du soleil frôlèrent les pylônes du quai. Au pied de la passerelle, quelqu'un brandissait un numéro du journal en langue russe *Novy Mir*, sur la première page duquel je distinguai ma photo et le titre : AVEC LE CAMARADE TROTSKI, L'AMÉRIQUE GAGNE UN COMBATTANT DÉTERMINÉ DE L'INTERNATIONALE RÉVOLUTIONNAIRE.

Litzky était au comble de la joie. *Les Américains ont apparemment un faible pour les Russes échappés d'un des country clubs sibériens du tsar.*

L'enthousiasme de mon alter ego était contagieux. Quand je posai le pied sur le quai, la camarade carélienne de Lénine, Alexandra Kollontaï, encore plus belle que dans mon souvenir dans une élégante robe de velours, une chaîne en or autour de son cou de cygne, me fourra un bouquet de roses fanées dans la main et cria un mantra emprunté, appris-je plus tard, à un titre de la *New Yorker Volkszeitung* : « *Leon Trotsky kommt heute !* » Mon moral monta en flèche. Malgré les John E. Hoover occupés à éradiquer les rhizomes invasifs dans le *vestibulum* du Nouveau Monde, malgré mon poney mongol hirsute dépourvu d'étriers au moment où je partais assécher le marais capitaliste, la révolution socialiste était peut-être possible en Amérique du Nord. Et, si l'on réussissait à déclencher la révolution dans un pays, n'importe lequel – Russie, Allemagne, Angleterre ou Amérique, ça n'avait aucune importance – la révolution se propagerait dans le monde entier telle une pandémie produisant des variants. La révolution serait permanente.

La révolution permanente, voilà ce qu'il fallait.

Un homme que je reconnus passa devant Alexandra pour m'accueillir – c'était le jeune bolchevik Nikolaï Boukharine, à la barbe rousse et au gros rire exultant toujours au bord des lèvres. Nous avions habité à deux pas l'un de l'autre lorsque nous étions tous deux exilés à Vienne ; ma Natalia s'était liée d'amitié avec sa femme, Nadejda Mikhaïlovna. Je lâchai sac et valise pour le serrer dans mes bras. « Qu'est-ce que tu fais là, Boukharine ? m'exclamai-je afin d'être entendu malgré le brouhaha de la foule.

— Le Nouveau Monde est déglingué, camarade, répondit-il, sourire jusqu'aux oreilles. Je suis venu t'aider à réparer l'Amérique. »

Les reporters braillaient des questions. « Monsieur Trotski, partageriez-vous avec nous votre première impression de l'Amérique ?

— Avec plaisir : j'ai remarqué que votre illustre statue de la Liberté, à l'entrée de New York, tourne le dos au reste du pays, ce que j'interprète comme son rejet de votre système capitaliste.

— Pouvez-vous nous dire ce que vous préférez en Amérique, monsieur Trotski ? »

Je me remémorai le « Décoince-toi, Bronstein, et apprends à danser » de ma conscience. « Eh bien, je suis en Amérique depuis tout juste cinq minutes, mais je peux vous dire que ce que je préfère, c'est le fox-trot. » *Tu cabotines*, m'avertit Litzky, maussade. *Donne-leur un os à ronger.* « Plus sérieusement, poursuivis-je, parlant avec lenteur pour laisser aux journalistes le temps de noter, lorsque la guerre européenne prendra fin, cette guerre où les ouvriers sont des deux côtés de la baïonnette, le prolétariat demandera des comptes à ses maîtres capitalistes. Il en résultera des émeutes telles que la Terre n'en a jusqu'ici jamais connu. »

Une jeune femme vêtue d'un pantalon d'homme en flanelle, d'une courte redingote noir charbon ornée de barrettes militaires multicolores et coiffée d'un bonnet de marin rouge vif agita la main pour attirer mon attention. « Fédora, du *Brooklyn Daily Eagle*, cria-t-elle. Eh, dites donc, l'empire russe compte cent vingt-cinq millions d'habitants, les bolcheviks de M. Lénine sont vingt-cinq mille. Expliquez-moi, monsieur Trotski, si vous en êtes capable, comment vous proposez d'organiser une révolution avec une telle infériorité numérique. »

Croyant déceler un léger roulement de « r » dans sa prononciation de mon nom et du mot révolution, suggérant qu'elle n'était pas née en Amérique, je criai par-dessus les têtes de la foule : « D'où êtes-vous ?

— Je suis d'ici, de Brooklyn.

— Vous n'avez pas toujours été de Brooklyn, à en juger par votre façon de rouler les "r".

— Vous avez une bonne oreille, monsieur Trotski. C'est parce que je suis à moitié mexicaine. En plus d'être à moitié juive. En plus d'être à moitié reporter pour l'*Eagle* et à moitié émigrée comme vous.

— Y a-t-il quoi que ce soit que vous ne soyez pas à moitié ?

— Femme », répliqua Fédora. Elle dégagea d'un geste brusque les mèches de cheveux devant ses yeux. « Même habillée en homme, je suis entièrement femme. Mais vous ne répondez pas à ma question, monsieur Trotski. »

Elle est mignonne ! Mais ne te monte pas la tête, Bronstein – n'oublie pas la réaction de Natalia quand tu as fait du gringue à cette fille à Berlin.

« Vous posez la question à l'envers, miss Fédora. Comment cent vingt-cinq millions de bourgeois pourraient-ils empêcher une révolution menée par vingt-cinq mille idéalistes prêts à risquer leur vie pour changer le monde ? L'histoire, mademoiselle la demi-journaliste du *Brooklyn Daily Eagle*, est faite par des minorités passionnées et tendues vers un seul but. »

La jeune femme inclina la tête d'un air sceptique. « Et vous gobez votre théorie, sincèrement ?

— J'essaie, en fonction de l'heure de la journée, du jour de la semaine et de mon appétit du moment. »

Cette dernière réplique suscita un rire de la foule. *Résiste à ton penchant d'apparaître comme un comique de stand-up, Bronstein*, me mit en garde ma conscience. *N'oublie pas que tu es un trouble-fête de renommée mondiale et agis en conséquence.*

« Et envisager la révolution dans ces quarante-huit États d'Amérique du Nord ? lança un jeune homme débraillé. N'est-ce pas bâtir des châteaux en Espagne ?

— Excusez-moi, mais je ne comprends pas ce que vous entendez par des châteaux en Espagne. » Le jeune homme commença à expliquer quand un plus vieux, à l'arrière de la foule, lui coupa la parole. « Des châteaux en Espagne, c'est ce que les politiciens à *Weltanschauung* comme Trotski ici présent – de beaux parleurs enivrés de l'idée que la fin justifie les moyens et glorifiant ce cruel carnaval appelé la révolution – offrent à une classe ouvrière naïve. »

Un cercle d'une demi-douzaine de femmes se referma sur lui. « C'est honteux, honteux ! » s'écrièrent certaines, menaçantes, jusqu'à ce que le bonhomme, haussant les épaules, batte en retraite et tourne les talons avant de s'éloigner.

« La fin, mes amis, m'exclamai-je, m'adressant davantage à la foule qu'à l'homme qui m'avait provoqué, justifie les moyens si elle est de nature à transformer le monde. »

La main de miss Fédora se leva. « La révolution russe de 1905 revient-elle vous hanter avec le spectre de ce qui aurait pu être ? »

Natalia tira sur ma manche. « Les garçons ont froid, dit-elle.

— Encore une minute, lui répondis-je, et je me retournai vers la foule. Non, miss Fédora du *Brooklyn Daily Eagle*, c'est la Commune de Paris de 1871, avec ses drapeaux rouges, ses barricades, ses révolutionnaires massacrés et son rêve de châteaux en Espagne » – j'éprouvai une certaine satisfaction à utiliser la nouvelle expression – « oui, oui, son rêve de bâtir une république du peuple, qui hante 1905 avec le souvenir de ce qui aurait pu être. »

Nikolaï Boukharine et Alexandra Kollontaï se mirent à applaudir. Autour d'eux, plusieurs personnes les imitèrent et, en l'espace d'un battement de cils, tous ceux qui étaient venus m'accueillir riaient et tapaient des mains. « Hourra, Trotski », criait la foule en un chœur jubilant.

J'applaudis en retour, à la manière russe.

Résiste à la tentation de prendre la grosse tête, m'avertit Litzky.

Trop tard, marmonnai-je.

4

Djougachvili a adopté le nom de guerre Staline…

Dans ma tête, les heures suivantes finirent par ressembler à l'une de ces séquences d'actualités du Pathé-Journal que nous avions vues dans un cinéma parisien – quoique en accéléré, de sorte que plus tard, une fois tout le monde calmé, j'eus du mal à me souvenir de l'ordre dans lequel les choses s'étaient déroulées. Je vais malgré tout m'efforcer de reconstituer au mieux nos premières heures et nos premiers jours à New York. Nikolaï Boukharine avait réservé un hôtel pour notre première nuit dans le Nouveau Monde. Au quai 8, nous nous entassâmes dans un taxi jaune, les garçons sur nos genoux, et passâmes devant la tour de la Metropolitan Life Insurance, avec son horloge géante sur un côté, devant des grands magasins nommés Macy's, Gimbels et Lord & Taylors, avant d'arriver à l'Astor, un hôtel chic sur Times Square, à Manhattan, entre les 44ᵉ et 45ᵉ Rues. L'immeuble, à deux pas d'une gigantesque affiche publicitaire tapageuse montrant les Ziegfeld

Girls en petite tenue (que Nata trouva vulgaires), avait onze étages – plantés sur le trottoir, les garçons se démanchèrent le cou pour les compter. L'hôtel Astor possédait aussi un opulent lobby, aux murs ornés d'appliques en cristal et au plafond décoré de fresques. Je repérai une salle de billard et j'entendis de douces notes de piano flotter du côté du bar. Et il y avait une armée de grooms vêtus de ce que Nata prit pour des uniformes de parade militaire – deux d'entre eux se chargèrent de mon sac et de nos valises et nous firent monter dans un énorme ascenseur tapissé de miroirs qui nous conduisit à vitesse record jusqu'à une suite somptueuse au huitième étage.

« Qui paie pour tout ça ? demandai-je à Boukharine lorsque je le vis donner la pièce aux grooms.

— Ne t'inquiète pas, Trotski – le parti règle la note de votre première nuit à New York. »

Les garçons traversèrent en courant les trois pièces et la salle de bains carrelée, poussant des cris, actionnant tous les interrupteurs et les robinets du coin cuisine et de la salle de bains. « Papa, s'exclama Sergueï, tu ne vas pas le croire : il y a des robinets pour l'eau froide et d'autres pour l'eau chaude. »

Boukharine, qui avait dix ans et une demi-tête de moins que moi, m'emmena prendre un verre pas volé au bar du rez-de-chaussée pendant que Nata et les enfants s'installaient. « Deux vodkas, et dans des verres glacés, vous seriez gentille », dit-il à la barmaid, alors que nous nous glissions dans un box en cuir luxueux. Nos verres apparurent, ainsi qu'une coupelle de ce que les Américains appelaient des bretzels. « *Zdorovié,* Trotski ! » s'exclama Boukharine. Nous choquâmes nos verres et bûmes la vodka, à la russe, en une seule longue lampée. Il fit signe à la barmaid de nous rapporter la même chose.

Je me penchai vers lui et baissai la voix. « Quelles nouvelles des camarades, Boukharine ?

— Le vieux n'a pas changé, me répondit-il en secouant la tête. Il n'est pas à l'aise avec la notion de désaccord honnête. La vérité, c'est que Lénine a du mal à supporter quiconque doté d'un cerveau. »

Je ne pus que sourire. « Tu n'es donc pas venu en Amérique pour échapper à la police tsariste : tu es venu pour mettre une certaine distance entre Lénine et toi. »

Le rire tonitruant de Boukharine remplit le bar. Le pianiste et plusieurs hommes en train de boire un verre au fond de la salle nous jetèrent des coups d'œil. (« Des Russes », entendis-je l'un d'eux expliquer à ses compagnons.) « Sur les questions idéologiques, poursuivit Boukharine, manifestement soulagé de vider son sac, le vieux a beaucoup de points communs avec le pape à Rome – il parle *ex cathedra.* Ses avis – sur la révolution, sur la dictature du prolétariat, sur le dépérissement de l'État dans l'ère post-capitaliste, sur la formulation thèse-antithèse-synthèse de Marx – sortent de la cuisse de Jupiter. Bon sang, comme il aime les chamailleries ! On a ferraillé jusque tard dans la nuit, la veille de mon départ d'Autriche, à propos du rôle des bolcheviks en tant qu'avant-garde de la révolution – pour faire court, guidait-on le prolétariat ou le suivait-on.

— Et qu'as-tu dit ?

— J'ai soutenu qu'on devait le suivre – sans des masses d'ouvriers et de mutins pour ouvrir la voie, on se ferait broyer par la police tsariste. Ce serait une répétition du Dimanche rouge de 1905.

— Des nouvelles du Géorgien fou qui dévalise les banques et envoie à Lénine des valises pleines de roubles ? demandai-je.

— Djougachvili ? Il a fait savoir qu'il adoptait le nom de guerre Staline. Comme il ne commet jamais l'erreur de se disputer avec Lénine, le vieux lui fait confiance. Tiens-toi bien, Trotski – Lénine a chargé Djougachvili d'écrire un article sur le rôle du nationalisme dans la Russie post-révolutionnaire. Ce Staline est peut-être l'unique paysan authentique dans l'entourage proche de Lénine, constitué d'intellectuels de café, dont je fais partie, mais il est parfaitement inculte ; sa seule instruction, il l'a reçue dans un séminaire orthodoxe, autant dire qu'il n'en a aucune. Il paraît que son père, un alcoolique, est cordonnier à Gori. Écoute, c'est bien beau de savoir dévaliser des banques et coller une balle entre les deux yeux de ses ennemis, mais réussir à aligner deux phrases cohérentes sur l'épineuse question du nationalisme, c'est une autre paire de manches. Djougachvili est rongé par l'ambition – on le dit obsédé par

Ivan le Terrible, qu'il considère comme un modèle –, mais j'ai l'intuition qu'il va se consumer si Lénine en demande trop à son cerveau.

— D'après la rumeur, ce Djougachvili aurait du sang de bandit ossète dans les veines », confiai-je à Boukharine.

Il y réfléchit un instant. « Si ce qu'on raconte est vrai, dit-il avec un petit rire au goût certainement amer, il est tellement impitoyable qu'il finirait par répandre un océan de sang si jamais Lénine le plaçait en position de pouvoir. »

Nous bûmes notre deuxième vodka en silence. « J'espère que tu n'es pas épuisé par ton arrivée, Trotski, reprit Boukharine. J'essaie d'organiser un dîner à Brooklyn avec plusieurs socialistes importants. Tu verras à quoi on se heurte quand on leur parle de révolution.

— Je tiens grâce à ce que nos sommités médicales modernes ont identifié comme l'adrénaline. »

5

Papa, viens voir, il y a une baignoire…

Quand Boukharine prononça pour la première fois le mot « Bronques », je crus qu'il parlait d'un canton des Balkans. Envoyé par un journal russe, j'avais couvert la guerre là-bas, le sanglant nettoyage ethnique des Albanais par les Serbes que le monde connaît sous le nom de guerre balkanique de 1912, et, même si je ne me considérais pas comme une âme sensible, des images terrifiantes me revenaient encore par flashs : j'avais vu, ma conscience ne s'en souvenait que trop, des corps d'Albanais décapités, démembrés, être extraits d'un train bombardé. Avec mon Eastman Kodak à soufflets dernier cri, j'avais photographié les corps boursouflés de deux fillettes mortes noyées après le mitraillage d'une baleinière – elles étaient encore accrochées l'une à l'autre, chacune espérant sans doute que l'autre pourrait la sauver. J'étais présent quand les infirmières de la Croix-Rouge suisse, dans leurs robes blanches raidies par le sang, avaient découvert la fosse commune, après qu'une pluie torrentielle durant la nuit eut balayé la couche de terre superficielle couvrant les deux cent soixante-dix-huit cadavres – je les avais comptés, alors que les infirmières et ma conscience, pas si dure à cuire, détournaient les yeux. Chaque cadavre avait un trou de la taille d'un crayon dans la nuque. *On ferait bien de s'habituer aux charniers et aux corps boursouflés, tous les deux*, m'avait alors tancé Litzky. *Parce que c'est avec ça qu'on devra vivre si tu réussis à déclencher la révolution. Des millions de gens perdront la vie quand tu perdras ton innocence.*

Je ne flancherai pas, me souviens-je de m'être promis : les révolutions sont verbeuses, c'est sûr et certain, et également violentes, ce n'est pas un secret non plus – en témoignent les dizaines de milliers de victimes de la machine de M. Guillotin, censée rendre les exécutions plus humaines. Cependant, tant que certaines fins justifient indéniablement certains moyens, et que la fin en question est une utopie ouvrière et paysanne, je suis prêt à vivre avec les conséquences. Pour moi, la révolution est l'essentiel.

« Ça s'écrit B-r-o-n-x, m'informa Boukharine, tandis que nous montions tous les cinq les marches de la station de la 42e Rue de la Third Avenue Elevated. Et, jusqu'à preuve du contraire, ce n'est pas dans les Balkans. » Son grand éclat de rire nous attira les regards d'autres voyageurs en train d'insérer leurs pièces de monnaie et de pousser les tourniquets. Si mes fils avaient déjà pris le métro à Paris, ils furent fascinés par ce trajet vers le nord de la ville sur une ligne aérienne. Assise sur un long banc en bois, Nata fit de son mieux pour paraître blasée, mais Sergueï et Liova, agenouillés de chaque côté d'elle pour pouvoir regarder par la fenêtre, ne retinrent pas leurs exclamations excitées. Comme nous voyagions à ce que les Américains appellent « l'heure de pointe », la rame se remplit vite de passagers et de fumée de cigarette. En atteignant la 129e Rue, nous aperçûmes la Harlem River et les péniches qui déchargeaient le long des quais en bois. « Là-bas, c'est le Bronx », nous dit Boukharine au moment où le métro décrivit une courbe, en pointant du doigt les maisons de plain-pied soigneusement alignées de chaque côté d'une route de terre. Nous descendîmes à la 174e Rue et passâmes devant un élevage de volaille puis, plus loin, devant une charrette à bras remplie de betteraves, avant d'arriver à hauteur d'un immeuble d'angle de quatre étages, au numéro 1522 de Vyse Avenue où, grâce à un ami de Boukharine, nous avions loué un trois-pièces pour dix-huit dollars par mois. Comme l'appartement n'était pas meublé, Boukharine avait aussi fait livrer par le magasin de meubles Henry Feuer des lits, des stores, un vieux canapé, ainsi que des chaises et deux tables (une pour la cuisine, l'autre pour me servir de bureau) qui nous coûtaient deux dollars par semaine.

« Ce que je préfère, c'est le vide-ordures dans le couloir, hurla Sergueï, le souffle court, de la porte de l'appartement.

— Papa, viens voir, il y a une baignoire ! » cria Liova dans la salle de bains.

Boukharine vantait les mérites du quartier à ma compagne. « Il y a des épiceries à Tremont Avenue, au coin de la rue, des écoles publiques pour les garçons et le zoo du Bronx, le tout accessible à pied. »

Nata – qui elle aussi, en son temps, avait connu les prisons tsaristes de l'intérieur – testa les brûleurs à gaz de la cuisinière puis remonta les stores pour laisser la lumière entrer à flots par la fenêtre. Tournant le dos au soleil qui rendait son corsage transparent, elle livra son verdict : « Ça ira très bien. Tu n'es pas d'accord, Lev ? »

Je n'étais pas convaincu. Prenant Boukharine à part, je lui dis à voix basse : « C'est un bel appartement, plus grand que celui que nous avions à Paris, avec les toilettes sur le palier entre deux étages. Mais dix-huit dollars par mois ! Plus les huit dollars pour les meubles, ça fait vingt-six dollars, sans compter la nourriture ni la monnaie pour le métro. Comment veux-tu que je m'en sorte ? »

Radin, chuchota la voix à mon oreille.

La ferme, rabrouai-je Litzky. Un radin, c'est quelqu'un qui a beaucoup d'argent et craint de le dépenser. Je n'ai pratiquement pas un sou et je crains de ne pas avoir de quoi nourrir ma famille.

Boukharine haussa un sourcil interrogateur. « Tu parles à qui ?

— À moi-même.

— Pour répondre à ta question, reprit Boukharine, nous sommes à cinq cents mètres de la ligne du métro aérien qui t'emmène jusqu'à Greenwich Village, dans le sud de Manhattan.

— Et je peux savoir ce qu'il y a à Greenwich Village ? » m'enquis-je.

Boukharine éclata d'un de ses gros rires. « À Greenwich Village, il y a *Novy Mir*, dit-il, comme si cela me donnait la solution. *Novy Mir*, c'est ce qui te permettra de t'en sortir. »

6

C'est la révolution qui m'amène en Amérique...

Et en effet *Novy Mir*, un journal sérieux en langue russe qui, malgré son faible tirage (huit mille exemplaires les jours fastes) était le cœur, l'âme et la flamme du bolchevisme en Amérique, fut la solution. Gregory Weinstein, le rédacteur en chef, était un vieux copain du temps du bref soulèvement de Saint-Pétersbourg de 1905 – il faudrait tout de même que je m'habitue à appeler ce joyau par son nom russifié, Petrograd – qui avait failli se transformer en une révolution pleine et entière : une foule avait marché sur le palais d'Hiver du tsar en exigeant une constitution, les cosaques avaient chargé, sabre au clair, et une rivière de sang avait teinté les pavés en ce jour resté dans les mémoires sous le nom de Dimanche rouge. Du haut de mes vingt-six ans, je m'étais retrouvé à la tête du premier soviet de Russie ; comme moi, Gregory avait été arrêté et envoyé dans une colonie pénitentiaire de Sibérie, mais grâce à sa débrouillardise indéfectible, il s'était échappé au bout de dix jours, avait gagné Paris et, enfin, New York. Je vis qu'il n'avait guère changé depuis la dernière fois où nos routes s'étaient croisées : il était toujours mince comme une cive et sa barbe imposante semblait n'avoir été ni lavée, ni peignée, ni taillée depuis un certain temps. « Lev Davidovitch ! » s'exclama-t-il quand je franchis le seuil du 77 Saint Marks Place, une brownstone crasseuse accueillant, d'après la plaque, un dentiste à l'entresol et *Novy Mir* – Nouveau Monde – en dessous, dans le purgatoire souterrain de Dante. « Bienvenue aux États occasionnellement unis d'Amérique. Tu es un baume sur mon vague à l'âme. »

Et pour la première fois depuis que j'avais débarqué sur le quai 8, je me sentis le bienvenu aux États-Unis d'Amérique. Car les trois petites pièces de Gregory dans le sous-sol de Saint Marks Place – avec des bureaux et des meubles classeurs dans tous les coins, des affiches russes scotchées sur la peinture écaillée des murs, des cendriers débordant de mégots et de la soupe aux choux en train de mijoter sur le réchaud à gaz à côté de la linotype et de la presse – me donnèrent l'agréable sensation d'avoir remis un pied dans ma Russie bien-aimée.

Je n'échappai pas au reniflement moqueur de Litzky dans ma tête. *Tu ne manques pas d'air, Bronstein – ce que tu préfères dans la toute petite entreprise de Gregory, c'est qu'il accepte de te payer vingt dollars par semaine pour écrire des articles dans son pseudo-journal, dont les huit pages sont truffées de tant de publicités pour la Budweiser et pour les banques du quartier qu'il faut bien chercher dans les interstices entre les pubs pour trouver une bribe d'information.*

Comme d'habitude tu exagères, tançai-je ma conscience – les pubs sont sûrement ce qui maintient *Novy Mir* à flot. Quant à mes vingt dollars, c'est mon filet de sécurité et, si je reconnais qu'il est toujours utile d'avoir un filet de sécurité, ce que je préfère, c'est la « réunion de taulards » de Gregory, selon l'expression qu'il a utilisée quand il m'a présenté à son équipe. Tu me pardonneras de ne pas me lancer dans un échange fastidieux avec toi, Litzky. Coupant court au dialogue avec ma conscience, je pris place à un bureau à côté de celui de Boukharine et pondis sur-le-champ un papier qui parut dans l'édition du lendemain matin sous le titre : « Longue vie à la lutte ! »

« Alors, Trotski, dis-moi ce qui t'amène réellement en Amérique », me demanda Gregory, faisant durer son grand verre de bière pression. Pour notre pause déjeuner, il m'avait emmené au café Monopole sur la 2e Avenue, qu'il décrivit comme un repaire d'acteurs sans emploi, d'écrivains sans éditeur et de portraitistes sans talent. Deux jeunes gens aux cheveux longs jusqu'aux épaules jouaient aux échecs à une table placée à côté des portes battantes de la cuisine, tandis que deux autres, en salopette, regardaient par-dessus leurs épaules.

« En un mot, c'est la révolution qui m'amène en Amérique.

— La révolution ? » Gregory parut stupéfait. « Où ça ?

— Ici.

— Tu te paies ma tête, mon cher Trotski. La révolution en Amérique ! Je vois que tu n'es pas dans le pays depuis assez longtemps pour avoir goûté la température de l'eau. Pour l'heure, elle est glaciale.

— Les socialistes sont sûrement capables d'enflammer les masses sous-payées, sous-alimentées et défavorisées », dis-je. Et je testai sur lui un des clichés rodés pendant mes discours : « Une poignée d'idéalistes prêts à risquer leur vie pour changer le monde… »

Ravalant un rire, Gregory m'interrompit : « Les socialistes américains sont une malheureuse fraction de la population, Trotski. Au premier signe de soulèvement, le Bureau des investigations de Hoover, les agents de sécurité de Pinkerton, la garde nationale et la police de New York embarqueront les fauteurs de troubles et les enfermeront dans des prisons dont ils jetteront les clés. » Il but une gorgée de bière puis essuya la mousse sur ses lèvres avec le revers de sa manche. « Renseigne-toi, Trotski. Les socialistes américains n'ont qu'une obsession : améliorer le capitalisme américain.

— Mais tu publies *Novy Mir* ! m'exclamai-je. Ton journal souffle sur les braises pour les maintenir rougeoyantes. Tu distingues sûrement une voie vers la révolution. »

Gregory y réfléchit. « Ce qui m'intéresse, ce sont les réalités, pas les châteaux en Espagne, finit-il par dire. Nous avons échoué en Amérique, toi et moi, mais c'est vers la Russie qu'il faut regarder pour la révolution. Nous devons transformer l'énergie de la guerre mondiale en colère prolétarienne, puis transformer la colère prolétarienne en révolution. La Russie, Dieu merci, est en train de perdre cette sanglante guerre contre l'Allemagne. Le tsar se donne beaucoup de mal pour cacher la vérité, mais la vérité finira par éclater : il paraît que des millions de paysans russes ont été tués ou blessés et qu'un très grand nombre a déserté. J'ai entendu dire que les Allemands empilaient les corps des soldats russes devant leurs tranchées à la place des sacs de sable. L'entrée en guerre des États-Unis sous la pression du président Wilson ne fera que renforcer la détermination du tsar. Alors qu'un tsar affaibli – un tsar vaincu – se fera éjecter, ce qui créera un vide. Le défaitisme révolutionnaire, c'est ça, la clé ! Les bolcheviks du camarade Lénine combleront ce vide. À mon avis, pas si humble, c'est à cela qu'on doit œuvrer. Ceux d'entre nous qui, comme toi, ont une voix doivent redoubler d'efforts pour que l'Amérique reste en dehors de la guerre et la Russie dedans. »

Je pris une petite gorgée de bière, essayant de digérer le pessimisme de Gregory. « Je te concède que tu connais mieux l'Amérique que moi, admis-je enfin. Cependant, corrige-moi si je me trompe, les Américains ont déjà fait la révolution et leur exemple a allumé une mèche qui a mené à la Révolution française. Je vis dans l'attente – dans l'espoir ! – que le Nouveau Monde puisse de nouveau montrer à la déesse grecque Europa le chemin vers des sociétés égalitaristes.

— Je t'ai admiré en 1905, Trotski. Je t'admire toujours en 1917. Continue de rêver. »

7

Donnez le droit de vote aux femmes et il y en aura une pour vouloir se présenter à la présidentielle…

Je suis au regret de signaler que, à une notable exception près, les grands amis socialistes de Boukharine à Brooklyn n'étaient ni grands, ni sérieusement socialistes, ni amicaux.

Suivant Alexandra Kollontaï, dont les cheveux négligés ressemblaient à un nid de boucles emmêlées, vers le no man's land tentaculaire de l'autre côté de l'East River où les touristes mettaient rarement les pieds – grâce à son fils Misha, employé dans une usine automobile capitaliste du New Jersey, elle maîtrisait le système labyrinthique du métro de New York –, nous insérâmes tous les trois nos pièces frappées d'un bison dans les tourniquets et embarquâmes dans le Rapid Transit, direction l'est en traversant le pont de Brooklyn. Dans le rai de lumière du jour finissant, j'aperçus des mitrailleuses lourdes disposées derrière des sacs de sable au pied des tours du pont ; l'Amérique se préparait manifestement à rejoindre la

Grande Guerre qui faisait rage en Europe. Boukharine, ayant un penchant pour les opérations clandestines, avait organisé ce qu'il appelait un « dîner secret » avec les principales figures du socialisme américain. Cramponnés aux poignées au-dessus de nos têtes comme si nos vies en dépendaient, nous étions tellement absorbés dans notre conversation que nous faillîmes manquer notre arrêt à la 54e Rue. Alexandra coinça une de ses bottines à lacets dans la porte pour l'empêcher de se fermer et, pouffant comme des écoliers, nous sortîmes dans la gare de Borough Park.

Le dîner secret de Boukharine se tenait dans l'appartement enfumé de Ludwig Lore, un Allemand corpulent et caustique, rédacteur en chef de la *New Yorker Volkszeitung*, pour laquelle j'avais déjà fait quelques piges. (Je remarquai plusieurs taches de soupe jaunâtres sur sa cravate rayée rouge et blanc, manière d'afficher, présumai-je, ses racines et instincts prolétaires.) La femme de Lore, qui ne nous avait pas été présentée et que je pris donc pour une domestique avant qu'elle nous rejoigne à table, préparait à notre arrivée des muffins dans une minuscule cuisine. Je connaissais personnellement les Russes présents dans la pièce, à commencer par Gregory Weinstein, mon rédacteur en chef à *Novy Mir*, mais pas les autres convives. Je ne saisis pas tous les noms, mais j'en connaissais deux de réputation : Morris Hillquit, le fondateur du parti socialiste américain

(Alexandra, qui le détestait, me chuchota que c'était un ignoble révisionniste n'ayant pas le cran d'organiser une grève digne de ce nom, sans parler d'une révolution) ; et la star socialiste Eugene Debs, héros de la légendaire grève Pullman à Chicago, qui s'était présenté quatre fois à l'élection présidentielle sous l'étiquette socialiste. (Inutile de préciser qu'il était arrivé chaque fois bon dernier.) Quant à la notable exception que j'ai mentionnée – tenez-vous bien – c'était l'oiseau rare, un jeune communiste américain qui me plut au premier regard. Il s'appelait Lou Fraina. Et, s'il gagnait sa vie en dirigeant le magazine *Modern Dance* – et pourquoi pas ? –, il rêvait de fonder un parti communiste américain pour attiser la flamme de la révolution, et non du ballet.

Litzky m'avait fait la leçon afin que je dissimule mon agacement. *Souviens-toi du vieil adage russe : plus paisible que l'eau, plus taiseux que l'herbe. Voilà comment tu dois être ce soir, pigé, Bronstein ?*

Pigé, avais-je marmonné sans enthousiasme.

« On est engagés dans une lutte à mort, disait Hillquit, tandis que des crânes dégarnis remuaient en signe d'assentiment, contre ceux qui veulent obliger les ouvriers à travailler plus longtemps pour des salaires de misère.

— C'est pour ça que Thomas Edison, un représentant notoire de la classe dirigeante, a inventé l'ampoule électrique, expliqua l'un des non-Russes, un jeune homme chaussé comme moi d'un pince-nez. C'était un complot capitaliste pour maintenir les ouvriers rivés à leur établi. » Il fit des yeux le tour de la table en quête de soutien. N'en trouvant aucun, il renchérit : « Écoutez, c'est quand même pas sorcier – si Henry Ford peut éclairer la nuit, il peut faire sortir sa Ford T de ses nouvelles chaînes de montage jusqu'aux premières heures de l'aube.

— La réponse à l'ampoule de M. Edison, c'est la révolution », lançai-je. Douze têtes pivotèrent dans ma direction pour dévisager le Martien en leur sein.

Plus taiseux que l'herbe, me cracha Litzky à l'oreille. *Tu te rappelles ?*

Mais tout n'était pas perdu. L'oiseau rare, le communiste américain Lou Fraina, fit le tour de la table pour m'offrir une assiette de muffins préparés par Mme Lore. « M. Trotski ici présent a un point commun avec la chauve-souris : la vision nocturne, dit-il. Même dans le noir il réussit à voir par-delà vos clichés capitalistes pour identifier le nœud du problème. Ce n'est pas en éteignant les lumières dans les usines à la nuit tombée qu'on changera les choses. On changera les choses quand les ouvriers posséderont ces usines.

— Quand le prolétariat possédera les moyens de production », ajoutai-je. Je me penchai par-dessus les muffins de Mme Lore. « Imaginez des extraterrestres atterrissant sur la planète Terre et essayant de comprendre pourquoi des tsars et des rois dirigent la

Russie et l'Angleterre alors que les ouvriers qui travaillent comme des forçats dans ces lieux dangereux qu'on appelle les usines doivent se contenter des miettes tombées des tables capitalistes. »

Le grondement sourd en provenance de l'autre extrémité de la table avait une ressemblance suspecte avec la faible vibration précédant un séisme. « Tonnerre de Dieu, lâcha Debs, si on parvient à diminuer les profits des sangsues capitalistes qui se gavent de la plus-value produite par les ouvriers en éteignant ces putains d'ampoules – en coupant cette putain d'électricité – au coucher du soleil, on pourrait passer au point suivant de notre programme.

— Auriez-vous l'obligeance d'identifier le point suivant ? demandai-je poliment.

— Un salaire minimum décent, Trotski, grommela-t-il. Le montant de la paie perçue par les ouvriers à la fin d'une semaine de six jours de travail.

— Une assurance santé, dit quelqu'un assis sur un radiateur.

— Et contre les accidents du travail.

— La garantie du droit de grève, l'arrestation des jaunes embauchés par les patrons.

— Des lois instaurant l'inspection du travail dans les usines et les mines.

— N'oubliez pas les lois contre le travail des enfants !

— Et tant qu'on y est, pourquoi pas des congés payés ?

— Pourquoi pas, bon sang, acquiesça le non-Russe au pince-nez.

— Vous oubliez tous le congé de maternité, messieurs », déclara Mme Lore. Elle regarda autour d'elle, un peu surprise d'avoir entendu sa propre voix se mêler à la conversation.

« Le congé de maternité figure dans notre programme, ma chérie, l'informa son mari, Ludwig Lore, lissant de l'index sa moustache noire en désordre. Tout en bas de la liste.

— Ben voyons, marmonna Alexandra Kollontaï.

— Vous avez dit quelque chose ? » s'enquit Hillquit.

Alexandra, connue par ses camarades bolcheviques pour son indépendance d'esprit quand il s'agissait de définir le rôle des femmes dans la société et qui, pour preuve, avait quitté son mari avant de s'afficher avec une multitude d'amants au fil des années, se leva d'un bond. « Oui, en effet. J'ai dit qu'il n'est pas étonnant que le congé de maternité figure tout en bas de votre programme socialiste dans un pays où les femmes n'ont toujours pas le droit de vote.

— Nous, socialistes, sommes obligés de choisir nos combats, maugréa Debs. Les Américains ne sont pas prêts à accepter que les femmes, qui passent la plupart de leur temps dans leur putain de cuisine, aient leur mot à dire dans l'élection des présidents, des sénateurs et des gouverneurs.

— Donnez le droit de vote aux femmes, s'exclama le non-Russe au pince-nez, et, en moins de deux, il y en aura une pour vouloir se présenter à la présidentielle. »

Alexandra, qui n'était pas une potiche, montra de quoi elle était capable. « Après votre révolution contre la Grande-Bretagne et son roi fou, George dont le nom est suivi d'un 3 en chiffres romains, dit-elle, un sourire faussement innocent accroché à ses lèvres ravissantes, vous considériez qu'une personne de couleur comptait pour les trois cinquièmes d'un homme blanc au moment de répartir les sièges dans votre Chambre des représentants. Aujourd'hui, vous reléguez les femmes, la moitié des cent millions de personnes vivant en Amérique, aux trois cinquièmes d'un homme.

— Tu nous avais pourtant dit qu'elle était une bolchevik, se plaignit un autre non-Russe à Ludwig Lore, pas une de ces suffragettes insupportables.

— Je suis les trois, répliqua Alexandra. Bolchevique, suffragette et insupportable. »

À l'autre bout de la table, Boukharine fit tinter son couteau contre un verre en signe d'approbation. J'intervins : « Quand nous, bolcheviks, chasserons le tsar et prendrons le pouvoir en Russie, les femmes auront le droit de vote. »

Ludwig Lore se tassa sur sa chaise, révélant sa bedaine alors qu'il me scrutait de l'autre côté de la table. « Depuis combien de temps êtes-vous en Amérique, monsieur Trotski ? m'interrogea-t-il.

— C'est drôle, le dénommé Hoover, du Bureau des investigations, m'a dit que les Américains aimaient l'Amérique telle qu'elle est, fis-je remarquer. J'imagine que ça inclut les Américains qui se disent socialistes. Pour répondre à votre question, monsieur Lore : Marx lui-même n'a jamais vécu en Amérique, mais ses idées – je suppose que vous avez tous lu Marx – peuvent offrir des solutions à l'industrialisation, à l'exploitation, à la plus-value, à l'aliénation. Un État dirigé par la classe ouvrière, où les femmes quittent leurs cuisines pour aller travailler et pour aller voter, supprimera la propriété privée – les ouvriers posséderont les moyens de production et partageront la richesse produite. »

Pour une fois, Litzky, ma conscience, parut content de moi. *Hourra, Bronstein. Encore une fête que tu as réussi à troubler !*

Debs retira la serviette en tissu coincée sous son col amidonné et la plia soigneusement sur la table. « Je sais que vous avez appris tardivement la langue anglaise, Trotski. Êtes-vous bien sûr de savoir ce que vous dites ? Sûr de ne pas être en train d'auditionner pour un de ces putains de films de Hollywood ?

— Je répéterai volontiers mes paroles en russe, en allemand ou en français, si ça doit vous convaincre que je sais ce que je dis quand je m'exprime en anglais. » Je ne pus hélas pas m'empêcher d'ajouter : « *Kot na smékh* – ça ferait même rire un chat. Rejoindre votre parti socialiste américain revient à boire ce que la classe ouvrière appelle de la petite bière, la bouillie sans alcool qu'on donne à nos cochons en Ukraine. »

Je perçus l'immanquable gémissement de Litzky.

Morris Hillquit racla le sol en repoussant sa chaise et se leva. « Il rêve, dit-il. Vous rêvez, monsieur Trotski. Nom d'une pipe, revenez sur Terre. Les Chinois ont un dicton : un voyage de mille kilomètres commence par un seul pas. Ce premier pas, c'est un salaire décent et moins d'heures passées dans les ateliers. » Il se tourna vers les autres convives. « M'est avis qu'on gâche de la salive à parler à un bolchevik qui pense que la révolution est la réponse à tous nos problèmes. »

Tant pis pour les velléités de Léon Trotski d'allumer la mèche de la révolution mondiale en Amérique, persifla Litzky.

Je n'ai pas tiré la dernière flèche de mon carquois, informai-je ma conscience.

« Vos muffins étaient délicieux, dis-je à Mme Lore au moment de partir. Merci pour votre hospitalité. »

Elle parut prise de court. « Si vous le dites… » marmonna-t-elle.

8

Ils regrettent ta venue, ils fêteront ton départ…

Si je peux dire en toute honnêteté que la réunion secrète de Boukharine à Brooklyn ne s'était pas bien passée – je n'avais aucune estime pour la plupart de ces supposés socialistes qu'Alexandra Kollontaï et lui avaient rassemblés, et eux n'en avaient manifestement pas plus pour votre serviteur – l'examen post-mortem que j'en fis avec la meilleure part de moi-même fut pire encore. *Bronstein, Bronstein,* se lamenta Litzky, *toi qui as été tabassé par la police du tsar et condamné aux rigueurs sibériennes, toi qui as vu de tes yeux injectés de larmes les corps d'Albanais en train de pourrir dans des champs de maïs balkaniques, ta naïveté, à l'âge blet de trente-huit ans – ton insoutenable candeur ! – me rend dingue. Ces types-là sont des socialistes américains, Bronstein, c'est-à-dire des capitalistes hybrides qui passent leurs journées à essayer de trouver comment rafler une plus grosse part du gâteau. Point barre.*

Tu es trop cynique pour une conscience en exercice, rétorquai-je, un peu étonné par la note agressive de la voix dans ma tête que je reconnus comme étant la mienne. Tel Paul sur le chemin de Damas, m'entendis-je pontifier, tes socialistes américains sont mûrs pour la révélation. Ces paroles à peine prononcées, je surpris le reniflement caractéristique de Litzky, sa réaction habituelle quand j'avais le culot de ne pas être d'accord avec lui. *Le chemin de Damas ! Tu te prends pour quoi, à la fin, un agent de voyages ? Après ce que tu as découvert lors du dîner secret de Boukharine, ne me dis pas que tu te vois toujours en prophète qui mènera les socialistes américains à la révolution !*

Si je ne suis pas pour moi, qui le sera ? demandai-je.

Ma conscience parut décontenancée. *Ai-je bien entendu ce que j'ai cru entendre : Lev l'athée citant Hillel l'Ancien ? Nom d'un chien, Bronstein, décide-toi : es-tu un disciple du bolchevik Lénine, du patriarche Moïse ou du juif Jésus ?*

Je commençais à prendre un plaisir pervers à cette joute verbale avec ma conscience. Encore une fois, répliquai-je, tu simplifies des choses complexes : même le socialisme américain – surtout le socialisme américain – porte en lui la graine de la révolution. Et je m'y connais en graines, ayant été élevé dans la ferme paternelle, ajoutai-je. Il faut les nourrir, les dorloter, les arroser…

Il ne me laissa pas aller au bout de ma pensée. *Tu t'égares, mon pathétique Bronstein. Graine ou pas graine, la révolution aux États-Unis d'Amérique du Nord est l'avant-dernière chose sur leur liste, juste derrière le congé de maternité de cette pauvre Mme Lore.*

Et quelle est la dernière chose, d'après toi ? l'interrogeai-je.

Ma conscience faillit s'étrangler de rire. *Le camarade Trotski, voilà la dernière chose, mon cher Bronstein. Ils regrettent ta venue, ils fêteront ton départ, ils se fichent pas mal que le grand Trotski, dirigeant du premier soviet durant la révolution russe de 1905, les ait honorés de sa présence aux États-Unis d'Amérique du Nord.*

J'entendis Nata m'appeler de la chambre. « Tu as vu l'heure, Lev ? Par pitié, viens dormir.

— Je suis trop épuisé pour dormir, criai-je en réponse.

— Demain est un autre jour.

— En es-tu absolument sûre ? » lui demandai-je.

9

Vous ne survivrez pas à la révolution que vous déclencherez…

J'émets une hypothèse hasardeuse : Woodrow Wilson, dont le slogan de campagne électorale avait été « Il nous a préservés de la guerre », ne lisait pas mes articles dans *Novy Mir* (ni, d'ailleurs, mes papiers dans le *Jewish Daily Forward* ou la *New Yorker Volkszeitung*). Ou, s'il les lisait, il n'était pas convaincu par la propagande pacifiste d'un Russe en exil dans le Bronx. À la fin du mois de janvier, les Allemands ayant repris la guerre sous-marine à outrance (un U-Boot avait coulé le steamer anglais *Eavestone*, puis ouvert le feu sur la chaloupe, tuant le capitaine du navire et trois passagers), Wilson avait rompu les relations diplomatiques avec Berlin. « Qui en tirera profit ? » vociférai-je sur le papier, poussant mon rocher éditorial vers le sommet de la montagne abrupte de l'arrogance américaine dans une tentative désespérée d'empêcher ce qui commençait à paraître inévitable. « Le capitalisme mondial ! Qui versera son sang ? Les ouvriers du monde ! N'oubliez jamais, dans ce spasme de prétendu patriotisme, qu'il y a des ouvriers aux deux extrémités de la baïonnette. »

Litzky tenta de me consoler. *Tu es une voix criant dans le désert, Bronstein*, me murmura-t-il à l'oreille.

Sans chercher à cacher mon irritation, je répliquai : si je n'ai pas le droit de citer Hillel l'Ancien, tu dois cesser d'essayer de me réconforter avec des citations de la Bible chrétienne.

Avec ou sans le réconfort d'une conscience, impossible de se voiler la face : la fièvre guerrière s'était emparée de l'Amérique. La goutte d'eau qui fit déborder ce vase fut un éditorial du *Jewish Daily Forward*, journal prétendument socialiste, soutenant l'entrée en guerre des États-Unis. Incrédule, je laissai tomber ce que j'étais en train de faire et me rendis au sanctuaire du *Forward*, un immeuble de dix étages à East Broadway, en face de Seward Park, dont un mur extérieur arborait les portraits en bas-relief de Marx et d'Engels (sourcils froncés de désapprobation face au bellicisme du *Forward*, imaginai-je). J'avais croisé Abraham Cahan, fondateur et rédacteur en chef revêche du *Forward*, à une conférence organisée par Boukharine. « Désolée, monsieur Trotski, mais M. Cahan est en réunion », m'informa une secrétaire aux cheveux blonds coupés en un carré court – mais je n'étais pas d'humeur à être éconduit. Je fis irruption dans la tanière du lion, la secrétaire en talons hauts sur mes talons plats. « Je n'ai pas pu l'arrêter, monsieur Cahan », s'exclama-t-elle. Cahan, mon aîné d'environ vingt ans, se tenait devant un miroir ouvragé et taillait sa moustache broussailleuse avec de minuscules ciseaux. Il agita la main et la secrétaire battit en retraite, non sans m'adresser un regard mauvais avant de refermer la porte derrière elle. « Que me vaut cette intrusion, monsieur Trotski ? me demanda Cahan en calant son postérieur socialiste dans le fauteuil pivotant en cuir derrière son immense bureau.

— Vous la devez à mon espoir de vous persuader de reconsidérer la politique éditoriale du *Forward* en faveur de l'entrée en guerre de l'Amérique.

— Depuis combien de temps êtes-vous dans ce pays, monsieur Trotski ?

— Pourquoi tout le monde m'assène-t-il cette question ? répliquai-je, mais il ignora ma diversion.

— Pas plus de trois semaines, si je compte bien, reprit-il.

— Pas loin de quatre, le corrigeai-je.

— Trois, quatre, et vous pensez vraiment en savoir davantage sur la politique étrangère américaine que ceux d'entre nous qui ont passé leur vie ici ? Quelle arrogance ! »

En un instant, notre dialogue se transforma en un furieux échange de noms d'oiseaux.

« Socialiste chauvin ! hurlai-je.

— Bolchevik apostat ! beugla-t-il en réponse.

— Vous tenez de beaux discours socialistes, braillai-je, mais le moment venu, vous vous rangez derrière les patriotes qui agitent leurs drapeaux.

— Allez vous faire foutre, Trotski !

— J'y vais de ce pas », acquiesçai-je.

J'entendis la voix traînante et sarcastique de Litzky à mon oreille. *Tu peux dire adieu à tes piges pour le torchon yiddish de Cahan.*

« C'est ce qu'on appelle brûler ses vaisseaux, me dit Nata quand, plus tard dans la journée, je lui racontai mon altercation avec Cahan. Les quinze dollars qu'il te payait pour chaque article n'étaient pas de trop. Les garçons ont besoin de nouveaux knickers, sans parler d'une coupe de cheveux et de quoi régler la cantine.

— Il avait besoin d'être remis à sa place, dis-je, me défendant obstinément.

— Et toi, qui fais bouillir notre marmite, tu as besoin de rester discret », répliqua Nata.

Fidèle à lui-même, Litzky y alla de son commentaire. *Elle n'a pas tort*, roucoula-t-il à mon oreille.

Elle a raison de son point de vue, informai-je ma conscience, mais son point de vue est erroné.

« Tu parles à qui ? me demanda Nata innocemment – comme si elle ne le savait pas.

— Je parle à mon nombril. »

Ma prise de bec avec Cahan, en conclusion d'une journée déjà difficile au journal, m'avait mis au comble de l'irritabilité. De retour dans le bureau en sous-sol de *Novy Mir* le lendemain matin, je rédigeai un billet incendiaire fustigeant la trahison des prétendus socialistes qui rentraient dans le rang capitaliste pour vendre leurs journaux. Je peaufinais ma prose quand Alexandra Kollontaï, les yeux et les oreilles de Lénine à New York, passa avec une lettre de mon soi-disant agent littéraire français. « Je n'ai pas d'agent littéraire français », lâchai-je avec impatience.

Alexandra esquissa un sourire furtif. « Allume une bougie, m'ordonna-t-elle.

— Ah, c'est ce genre de lettre », dis-je. Je sortis une bougie d'un tiroir du bureau et, après l'avoir allumée, tins le papier au-dessus de la flamme pour faire apparaître l'écriture cachée. De petites lettres jaunâtres se matérialisèrent progressivement entre les lignes. C'était une missive secrète de Vladimir Lénine en personne. « Première priorité quand les bolcheviks prendront le pouvoir en Russie, deux points, lus-je à voix haute. Réformer l'alphabet russe, simplifier l'orthographe. Plus qu'une obscure restructuration économique visant à remettre les moyens de production entre les mains d'un petit nombre de prolétaires des villes, c'est cette mesure qui ralliera à notre cause les hordes de paysans illettrés. »

Alexandra demanda gentiment : « Me donnes-tu la permission, camarade Trotski, d'informer Vladimir Ilitch de ton accord ?

— Pour la révolution ou la simplification de l'orthographe ? lançai-je.

— L'une ou l'autre, dit-elle. Les deux dans l'idéal. »

Clouée au mur par l'aguicheuse sensualité d'Alexandra, mon irritabilité se dissipa. « Oui, oui, il peut compter sur moi. Quelqu'un qui pense qu'une simplification de l'orthographe serait à même de sauver mère Russie ne saurait être aussi dangereux que le prétendent ses ennemis. » Je me penchai sur mon bureau et lui demandai à voix basse : « Comment se fait-il que tu connaisses l'encre sympathique ? »

Elle jeta un coup d'œil par-dessus son épaule pour s'assurer que personne à *Novy Mir* ne pouvait l'entendre. « Lorsque j'ai rejoint les marxistes radicaux à Saint-Pétersbourg, j'ai été chargée d'organiser les communications entre Lénine et ses amis en exil à l'étranger, dont tu faisais partie. Par une apparente coïncidence – tant qu'on n'y regardait pas de trop près – mon compagnon de l'époque se trouvait être l'inspecteur de l'Okhrana chargé du dossier bolchevique. Pour répondre à ta question, c'est mon amant qui m'a initiée au bel art des codes et de l'écriture secrète.

— Tu inventes », décrétai-je.

Elle ne put qu'en rire. « Peut-être bien, ou peut-être pas. » Alexandra prenait un plaisir évident à jouer les Mata Hari, la célèbre espionne néerlandaise récemment arrêtée en France, et elle aurait développé le rôle si nous n'avions pas été distraits par le tintement de la cloche au-dessus de la porte. Elle fit son entrée – elle, la demi-Mexicaine, demi-juive, demi-journaliste au *Brooklyn Daily Eagle*, qui m'avait crié des questions sur le quai le jour où j'avais posé le pied en Amérique. « Vous vous souvenez de moi, monsieur Trotski ? » m'interpella-t-elle. Elle traversa la pièce en boitant, les revers de son pantalon en velours côtelé balayant la sciure par terre, et s'arrêta devant mon bureau. « Mon pied s'est engourdi dans le tram et peine à se réveiller, dit-elle, expliquant sa boiterie. Mon nom est Fred Fédora.

— Vous ne ressemblez pas à une Fred. »

Boukharine, qui suivait la conversation du bureau voisin, et Alexandra, partie remuer la soupe aux choux en train de cuire sur un des brûleurs du réchaud à gaz, parurent amusés.

« Fred, expliqua Fred, sûrement pour la millième fois, est le diminutif de Frederika, mais comme mon géniteur voulait un garçon, Fred s'est retrouvé collé à mon corps féminin. » Elle laissa tomber sur mon bureau un exemplaire plié du *Brooklyn Daily Eagle* du matin et je lus un des gros titres à voix haute : DÉPLOIEMENT ACCÉLÉRÉ D'UN FILET ANTI-SOUS-MARIN POUR PROTÉGER LE PORT.

« Apparemment, l'Amérique se prépare à entrer en guerre, dit Boukharine.

— Ça en a tout l'air, acquiesçai-je.

— Eh dites donc, reprit Fred, d'après radio-trottoir ça a bardé sévère entre vous et Cahan au *Forward*. J'aimerais écrire un papier sur votre bisbille.

— Comme vous le voyez, je suis très occupé, répondis-je.

— Allez, monsieur Trotski, ne soyez pas pisse-froid. Si je pouvais décrocher une exclu auprès d'une grosse légume, ça ferait ma journée. Sans parler du coup de pouce pour ma carrière de reporter.

— Je ne te connaissais pas cette parenté avec les légumes », remarqua Boukharine en russe du bureau d'à côté.

Je me reculai sur ma chaise pour l'examiner. Elle était séduisante, à sa manière ébouriffée : des sourcils en broussaille, des cheveux bruns courts qui semblaient avoir été taillés plutôt que coupés et chatouillaient sa longue nuque, des lèvres et des ongles peints de la même nuance de rouge camion de pompier, pas de sous-vêtements à en juger par son pull à col en V moulant qui laissait deviner sa poitrine. Un grand anneau d'argent pendu à son lobe d'oreille renvoya des éclats de lumière quand elle tourna la tête. « Radio-trottoir, bisbille, pisse-froid, grosse légume, énumérai-je. Soyez gentille de me dire quelle langue vous parlez. »

Fred sourit – et c'est ce sourire lèvres serrées, contaminant ses yeux et lui donnant l'air de narguer celui à qui il s'adressait, qui me plut. « Je répondrais l'anglais du roi si je ne me trouvais pas à Greenwich Village, en Amérique du Nord. S'il vous plaît, monsieur Trotski, je cherche juste à apporter de l'eau à mon moulin en m'adressant à une huile. »

J'échangeai un regard avec Boukharine, apparemment charmé par l'impudence de la fille, sinon par son jargon mâtiné d'argot.

« Donc, si je comprends bien, enchaîna-t-elle, vous êtes fermement opposé à tout ce toutim...

— Ce toutim ?

— ... autour de la plongée de l'Amérique dans la guerre contre l'Allemagne. »

Je commençai à entrevoir les avantages qu'il y aurait à accepter une interview : mes raisons de m'opposer à l'entrée de l'Amérique dans la guerre européenne trouveraient un plus large public. « Je vous inviterais à prendre une chaise si j'en avais une à vous proposer », dis-je.

Elle regarda autour d'elle, surprise de découvrir que le journalisme à *Novy Mir* était à l'arrêt complet : la linotype avait cessé de cracher des lignes-blocs fondues de caractères gothiques ; Gregory Weinstein, un tablier autour de son cou ridé, avait cessé de mâcher son petit pain à la saucisse débordant de choucroute ; même le coursier de la Western Union en bottes hautes, venu apporter la fournée de télégrammes du jour, restait planté à côté du bureau de la secrétaire comme une image cinématographique figée. Les neuf personnes présentes dans le bureau en sous-sol sentant le chou de *Novy Mir* semblaient pendues aux lèvres de Fred. « Le Monopole, sur la 2e Avenue, serait un endroit plus agréable pour papoter, suggéra-t-elle. Que diriez-vous d'une chope de bière et d'un sandwich à la viande, monsieur Trotski ? » Et son sourire balaya tout sur son passage, telle une lame de fond emportant les débris d'une plage. « Le *Brooklyn Daily Eagle* réglera la note si vous vous pliez à une interview. »

Et c'est ainsi que je finis assis à côté de Fred sur l'une des banquettes capitonnées de cuir du Monopole, à savourer cette contribution américaine à l'excellence gastronomique qu'est le sandwich à la viande et, entre deux bouchées, à marmonner des réponses à ses questions tandis qu'elle griffonnait des notes indéchiffrables dans un carnet. Nous avions abordé ma petite prise de bec avec Cahan à la suite de l'éditorial honteux du *Forward* et étions passés à ce qui l'intéressait vraiment : mon opinion sur la révolution en Russie. « Vous faites fausse route, déclara-t-elle à un moment. Mon papa, qui m'a donné un prénom de garçon et m'a appris à penser comme tel, était votre jumeau intellectuel : plus il lisait sur la révolution industrielle qui avait transformé les sociétés agraires en cratères urbains, plus il était convaincu que la réponse viendrait d'une mutinerie de masse. Le problème, c'est qu'il prétendait connaître la réponse avant même d'avoir eu le temps de réfléchir à la question. D'accord, le sang versé au cours d'une révolution a le pouvoir salvateur de solder le passé. Mais ce qui arrive après, voilà la question cruciale à laquelle mon père ne s'est jamais attaqué, monsieur Trotski. »

Je glissai la main sous la table et la posai négligemment sur son genou. « Je vous en prie, appelez-moi Léon. »

Impossible de ne pas entendre Litzky tousser dans mon oreille interne. *Bronstein* ! se contenta-t-il de dire, montant dans les aigus sur la seconde syllabe.

Fred baissa les yeux sur ma main, mais ne fit rien pour la déloger.

« Vous êtes marié, n'est-ce pas, monsieur… Léon ?

— En effet. C'est en *off*, n'est-ce pas ? La femme que M. Hoover, de votre Bureau des investigations, a appelée mon épouse légitime est retenue en Sibérie avec mes deux filles. Natalia, qui est venue avec moi en Amérique, est ma compagne depuis des années. Elle est la mère de mes deux fils, ce qui, à mes yeux, est un lien plus fort que le mariage.

— Comment vous êtes-vous rencontrés, Natalia et vous ? »

Sers-lui la version abrégée, par pitié, me tança Litzky.

« C'était à Odessa, répondis-je, savourant le malaise de ma conscience, à une de ces interminables conférences socialistes. Comme Nata avait purgé une peine dans une prison du tsar – pour avoir participé à un défilé du 1er Mai interdit à Saint-Pétersbourg –, elle avait été invitée à s'asseoir à côté de moi à la tribune. Et j'ai alors remarqué qu'elle portait un modèle de soutien-gorge allemand dernier cri. Plus tard, nous nous sommes retrouvés à huit ou neuf à aller boire de l'ersatz de café dans la cantine des ouvriers – et, quand elle s'est penchée pour attraper le sucrier, je n'ai pas pu ne pas voir qu'elle ne le portait plus.

— Le désir au premier regard ! Et que s'est-il passé ensuite ?

— Je lui ai proposé de prendre un verre dans le bar privé de la cantine, dans l'idée de dîner ensemble, dans l'idée de coucher ensemble cette nuit-là, dans l'idée de voir si un voyage d'un millier de nuits pouvait commencer par un coup d'un soir.

— Et, bien sûr, elle a accepté ?

— Elle a refusé, bien sûr ! Elle était ce qu'on appellerait ensuite une féministe, c'est-à-dire une femme libérée des entraves des relations bourgeoises, mais elle n'appréciait pas de se faire embobiner. J'ai tout de même vu qu'elle était charmée par ma franchise. Je ne me suis pas découragé, et mon insistance a fini par payer puisqu'elle a accepté de prendre un verre avec moi. » Je souris à ce souvenir. « Naturellement, une chose en a entraîné une autre. À la première occasion – dans une mansarde sombre, chez des amis à elle, où nous regardions leurs chatons nouveau-nés –, j'ai glissé la main sous le corsage de Nata et je l'ai posée sur son sein. Il s'est ensuivi une mémorable nuit d'amour. Quelques mois plus tard, lorsque nos chemins se sont de nouveau croisés à Saint-Pétersbourg, notre relation est passée à l'étape suivante. Le reste appartient à l'histoire. »

Tu n'as pas pu résister, pas vrai, Bronstein ?

Je regardai avec insistance la main gauche de Fred, enroulée autour de sa chope de bière humide. « Vous portez une alliance... »

Elle referma son calepin et le glissa dans son sac à dos en cuir. « Il se trouve que je suis mariée à un professeur de littérature de City College, mais je refuse catégoriquement d'être condamnée à une vie de fidélité sous prétexte que j'ai commis l'erreur d'épouser le premier homme qui m'a mis son pénis dans la bouche. »

Oy vaï, s'étrangla Litzky dans ma tête. *Comme tu n'y es pas allé par quatre chemins, elle s'est sentie obligée de faire pareil.*

Soudain, le ronron de la voix étouffée de Fred me parvint d'une manière inquiétante : « Ni lui ni moi ne croyons... confondre mariage et prison... fonctionne tant que les deux sont ouverts au sexe sans engagement... »

Fred expliquait des choses que je ne voulais pas voir expliquées. Comment diable un mariage pouvait-il être ouvert ? Ouvert à quoi ? Comment le sexe pouvait-il être sans engagement ? Pour ajouter à ma confusion, mon binocle s'embua. Je l'ôtai de mon nez et commençai à nettoyer désespérément les verres sur ma cravate quand je sentis le souffle brûlant de Litzky me rôtir le lobe d'oreille. *Fais gaffe, Bronstein. C'est ton cerveau qui est embrumé, pas tes lunettes. Si tu avais l'esprit clair, tu te rendrais compte que tu te tiens sur la haute berge du fleuve en cru que les Grecs appelaient le Styx.*

Ignorant les prémonitions de Litzky, je plongeai tête la première dans son Styx turbulent. « Je n'ai jamais rencontré quelqu'un comme vous », dis-je avec pétulance. Et mes doigts, restés sur le genou de Fred, migrèrent vers le nord – de leur propre initiative, notez bien : je jure sur la tête de mes fils que j'ignorais où ils allaient jusqu'à ce que ma paume moite s'arrête à l'intérieur de sa cuisse.

« Tout va bien, Léon ? » Elle me gratifia d'un de ses sourires aguicheurs et, découvrant qu'elle prononçait des mots que je comprenais, mon pouls galopant ralentit pour passer au trot rapide. « Hé, poursuivit-elle avec un rire guttural, il se peut que vous n'ayez jamais rencontré quelqu'un comme moi parce qu'on a cassé le moule après mon incarnation. »

Je me creusai la tête pour trouver une bouée à laquelle m'accrocher afin d'éviter de perdre pied. « La question cruciale sur laquelle votre père ne s'est jamais penché...

— Oui, oui. Continuez, je vous en prie, Léon. Je brûle d'entendre un révolutionnaire mondialement célèbre expliquer ce qui se passera après la mutinerie des ouvriers. »

Ce retour sur le terrain solide comme la pierre de la théorie marxiste me fit l'effet d'un répit. « Ce qui se passera, ma chère Fred, c'est que nous créerons une société sans classes où c'en sera fini de la pauvreté, de l'exploitation par les bailleurs, par les contremaîtres d'usine et par les propriétaires terriens pleins aux as, fini de l'antisémitisme et du fanatisme sous tous ses aspects et oripeaux. La formule marxiste "De chacun selon ses capacités, à chacun selon ses besoins" mettra même un terme à la criminalité : puisque les biens et les services seront en libre accès, il n'y aura plus besoin de voler. » J'autorisai mes doigts à glisser plus haut le long de sa cuisse. « Et ce n'est que le début : j'ai appris aujourd'hui que l'une des premières mesures envisagées par le camarade Lénine après la prise du pouvoir sera une réforme de l'alphabet russe visant à simplifier l'orthographe pour des dizaines de millions de paysans à moitié illettrés.

— Cette simplification de l'orthographe, il la fera avant ou après l'éradication de l'antisémitisme ? demanda-t-elle, pince-sans-rire.

— Vous en parlez comme d'une plaisanterie. Nous sommes des gens sérieux et proposons de faire des choses sérieuses.

— Vous avez raison d'être agacé », concéda Fred, caressant du bout de ses ongles rouge pompier le dos de ma main collée à sa cuisse. Elle prit une gorgée de bière et la fit rouler dans sa bouche, comme pour se rincer les dents avant d'avaler. « OK, voici une question sérieuse pour un révolutionnaire russe sérieux : vous, les bolcheviks, croyez-vous en l'égalité sur la ligne de départ ou sur celle d'arrivée ? Les libéraux au grand cœur comme moi sont en faveur de l'égalité au départ, mais nous prenons en compte le fait que certains courent plus vite que d'autres – tout le monde n'est pas doté du même talent, de la même ambition, de la même énergie dans les jambes. »

Vétéran du *Kaffeeklatsch* avec Lénine autour d'un ersatz de café à Zurich, j'eus l'impression de nager dans une eau étale plutôt que dans le Styx déchaîné de Litzky. « La compétition dans un environnement capitaliste est truquée, Fred – tout dépend des relations qu'on a, de la position sociale de nos parents, de l'instruction à laquelle on a eu accès grâce à leur richesse. Tout dépend de notre couleur de peau, bon sang. Non, non, je crois – les bolcheviks de Lénine croient – que dans un environnement socialiste l'égalité au départ doit mener à l'égalité à l'arrivée. Sinon, à quoi servirait la révolution ? » Je resserrai mon étreinte sur sa cuisse pour donner plus de poids à mes propos. « Qui sait ? L'égalité sur la ligne d'arrivée pourrait même profiter au sexe féminin. Seule l'égalité globale pourra conduire à une utopie ouvrière aussi bien pour les hommes que pour les femmes, de même qu'au dépérissement de l'État et de ses organes répressifs. »

Fred ricana. « Entre nous, Léon, vous ne vous attendez pas réellement à ce que l'État dépérisse, n'est-ce pas ? Si vous finissez par mener la danse, je vous garantis que vous changerez de disque. Une fois que vous serez l'État, vous ne vous laisserez pas dépérir.

— Comment connaissez-vous le concept de dépérissement de l'État ?

— J'ai été marxiste, avant de ne plus l'être.

— Pourquoi avez-vous cessé d'être marxiste ?

— Sans doute parce que j'ai compris qu'il importait peu que les usines appartiennent ou non aux ouvriers tant que ce qu'elles produisent continue de nous tuer. »

Elle est en train de te damer le pion, Bronstein. Instruis-la, nom de nom – explique-lui que le dépérissement de l'État est un objectif à long terme.

« Le dépérissement de l'État est un objectif à long terme », marmonnai-je.

Fred rit sous cape. « À très très très long terme, je parie ! Mais ne vous méprenez pas – je vous trouve héroïque de proposer une révolution en Russie, ou même en Amérique. D'autant plus que les révolutions dévorent leurs enfants, c'est un fait historique avéré. Donc, selon de fortes probabilités, vous ne survivrez pas à la révolution que vous déclencherez. » Elle agita la main pour me décourager de la décourager de poursuivre. « Je parle d'amère expérience quand je dis que les révolutions dévorent leurs enfants, Léon. Mon père, un paysan du nom de Mateo, se trouvait parmi les compagnons d'Emiliano Zapata au Morelos au moment où il a lancé ce que vous appelez la révolution et que je considère comme une mutinerie de masse, d'abord contre Francisco Madero, puis, après son assassinat, contre son assassin, Victoriano Huerta. C'était il y a quatre ans, en 1913. Sur l'insistance de notre père, ma sœur et moi avions déjà fui aux États-Unis, et c'est ainsi que j'ai échoué dans ce bled nommé Brooklyn. Êtes-vous familier de l'histoire mexicaine ? L'armée paysanne de Zapata, en lutte pour des réformes agraires, était en train d'écraser les *Federales* quand, un beau jour, des camarades ont collé mon père contre le mur d'une grange et l'ont abattu, parce qu'il s'opposait à la pendaison des grands propriétaires terriens. Si votre Vladimir Lénine réussit à faire la révolution en Russie, croyez-moi, il sera aussi impitoyable qu'Emiliano Zapata, qui pendait les propriétaires et a exécuté mon père. »

Je commençai à secouer la tête. « Je pense que vous avez une mauvaise interprétation de l'histoire… » Mais elle interrompit mon interruption par une citation de source sûre que nous connaissions bien tous les deux : « Les ennemis d'un État ouvrier, selon la phrase célèbre de votre Lénine, doivent être raccourcis d'une tête. » Le sourire moqueur réapparut sur les lèvres de Fred. « Raccourcis d'une tête, répéta-t-elle, comme si c'était le refrain d'une chanson. Sympa, non ?

— Certains historiens très respectables estiment que la Révolution française a dû son succès à la machine de M. Guillotin, qui raccourcissait ses ennemis d'une tête.

— Si vous avalez ça, vous êtes dans le même bateau que votre Vladimir Lénine, dit-elle sèchement.

— Je serais honoré de partager un bateau avec Vladimir Lénine », répliquai-je. Mais je n'étais pas sûr que Fred suive toujours la conversation : elle consultait la minuscule montre à son poignet délicat.

« Oh, zut, je n'ai pas vu l'heure passer ! On en reparle. » Elle referma les genoux, emprisonnant ma main sur sa cuisse. « Que faites-vous cet après-midi, Léon ? »

Résiste à la tentation, Bronstein, si c'est encore toi qui contrôles ton pénis et non pas l'inverse, m'avertit Litzky.

Je pris une profonde inspiration. « Mon article pour l'édition de demain a déjà été composé, je suis donc libre comme l'air, lui répondis-je. Cet après-midi, je fais la même chose que vous.

— Alors venez, on file – je vais vous présenter à votre *Doppelgänger*, le joyeux révolutionnaire Charlie Chaplin. »

10

Vous avez envie de vous envoyer en l'air, oui ou non...

Je savais que le monde regorgeait de *Doppelgänger* socialistes (Karl Marx n'aurait pas invité les prolétaires de tous les pays à s'unir s'il n'y en avait pas eu des hordes en train de ronger leur frein capitaliste), mais je ne m'attendais pas à me retrouver face à l'un d'eux dans une obscure salle de cinéma de Broadway. Le film muet que Fred m'emmena voir, intitulé *L'Émigrant*, était à l'affiche en avant-première, mais le bouche-à-oreille l'avait précédé et la queue devant la caisse s'étirait le long du pâté de maisons et jusqu'au coin de la rue. Une chance pour nous, Fred était journaliste. Brandissant sa carte de presse, elle prétendit faire une critique du film et on nous laissa passer. Dès l'instant où les lumières de la salle baissèrent et où les images en noir et blanc commencèrent à trembler sur l'écran, une boule se forma dans ma gorge. Le paquebot transportant des émigrés en Amérique dans la scène d'ouverture, avec ses deux cheminées crachant des langues de fumée noire tandis que la proue fendait les flots houleux de l'Atlantique, était la réplique exacte du *Montserrat* sur lequel j'étais venu et – je vous prie de ne pas rire – je jure d'avoir senti les lattes de bois du parquet du cinéma se soulever et se dérober sous les semelles de mes chaussures. Dans une des premières scènes, on voyait Chaplin – mon *Doppelgänger* anglais en passe de se faire un nom sur les écrans de cinéma – se pencher par-dessus le bastingage alors que le navire tanguait au milieu de l'océan. Il semblait souffrir du mal de mer, comme mon fils Sergueï, et vomir par-dessus bord – jusqu'au moment où il se redressait et où on voyait qu'il était en train de pêcher – ma parole, il avait même attrapé un poisson ! Je ressentis une affinité immédiate avec ce Charlie Chaplin, son chapeau melon trop petit vissé sur le crâne, sa drôle de moustache en brosse à dents collée au-dessus de la lèvre, lorsqu'il regarda Lady Liberty passer devant lui. (Je parie qu'il remarquait, comme je l'avais fait, qu'elle tournait le dos à l'Amérique.) En voyant l'émigrant aux poches vides débarquer à New York, je me rappelai mon arrivée dans le Nouveau Monde – il ne manquait plus, aux tribulations de M. Chaplin, qu'un M. Hoover du Bureau des investigations pour le malmener avant de tamponner son passeport.

Même le pianiste accompagnant le film muet semblait fasciné par les images : assis dans la pénombre, sous la scène, une cigarette aux lèvres, il gardait les yeux rivés sur l'écran au-dessus de sa tête et emplissait la salle de vagues de musique qui faisaient écho à l'humeur de Charlot.

« Je vois que le film vous plaît, chuchota Fred, effleurant du bout de ses doigts le dos de ma main campée sur sa cuisse.

— Je commence à comprendre pourquoi vous considérez ce Chaplin comme mon double », chuchotai-je en retour. Litzky était resté inhabituellement silencieux, mais j'entendis soudain son grognement nasal dans ma tête. *Il a un penchant communiste, pas de doute là-dessus*, déclara ma conscience. *Il suffit de regarder ses yeux pour voir où son cœur le porte.*

Comme pour confirmer ces dires, Charlot prit son élan et, avec l'une de ses énormes chaussures, donna un coup de pied dans le derrière de l'officier des douanes. Le public rugit de joie, et moi avec. « Les révolutions débutent quand le premier prolétaire opprimé inflige un châtiment à la mesure du crime capitaliste. »

La magie de ce Chaplin m'avait ensorcelé et je l'étais encore lorsque nous sortîmes du cinéma. Sur le trottoir, la lumière des lampes à arc jaune de M. Edison et des panneaux d'affichage géants, dont la publicité criarde pour les Ziegfeld Girls que Nata avait jugée vulgaires, trouait le crépuscule de Manhattan. Broadway était embouteillé par des voitures à cheval et des camions de livraison. Au croisement avec la 42e Rue, un policier obèse agitait les bras au milieu de la circulation et soufflait dans un sifflet strident auquel personne ne semblait prêter attention. Une rare automobile klaxonnant follement les véhicules plus lents avait déjà allumé ses phares.

« Alors, c'est oui ou c'est non ? demanda Fred.

— Oui ou non pour quoi ?

— Pour la botte.

— La botte ?

— Une partie de jambes en l'air.

— Une partie de jambes…

— Vous avez envie de vous envoyer en l'air, oui ou non ?

Je me plantai face à Fred. « Voilà que vous recommencez à parler en langue étrangère. Mais votre ton, sans parler de la lueur dans vos yeux, offre des indices à un Russe tout juste initié à l'anglais du roi : est-ce que votre botte et vos jambes en l'air signifient ce que je crois qu'ils signifient ? Me proposez-vous d'avoir une relation sexuelle avec vous ? »

Fred se délectait de ma gêne. « Pour quelqu'un qui a passé la moitié de l'après-midi la main posée sur ma cuisse, votre innocence est difficile à croire. Tout le monde sait que vous êtes juif, donc circoncis. J'ai un faible pour les hommes circoncis. Hé, je suis aussi émoustillée que vous.

— Émoustillée ?

— J'ai autant envie de baiser que vous. »

Troublé, je réussis seulement à dire : « Vous appelez un chat un chat. »

Souriant de ce sourire dont elle détenait le brevet, elle répondit : « Et une chatte, une chatte – justement un des noms argotiques du sexe féminin. »

À jouer avec le feu, on se brûle, marmotta Litzky avec son ricanement typique.

Le feu était une métaphore assez juste de ce qui se passa dans l'hôtel miteux d'une petite rue perpendiculaire à Broadway où les chambres étaient louées à l'heure, payables d'avance, en liquide uniquement, et où l'on pouvait disposer de draps propres pour un dollar supplémentaire. S'enorgueillissant d'être une libre-penseuse et, comme je le découvris plus tard, membre encartée du groupe des suffragettes de Brooklyn Heights, Fred insista pour régler la moitié de la note, soit sept dollars, une demi-bouteille de vin blanc bon marché compris. Vu le triste état de mes finances, je n'étais pas en position de refuser. La chambre, au deuxième étage sans ascenseur, au fond d'un couloir douteux empestant l'urine, était tout juste assez grande pour accueillir le lit à baldaquin dont le matelas s'enfonça comme un hamac sous le poids de nos corps dénudés. Une enseigne au néon d'un jaune cire d'abeille, de l'autre côté de la rue, clignotait par intermittence ; l'espace d'une seconde, j'imaginai qu'elle m'envoyait une sommation de Litzky en morse. J'aurais baissé le store s'il y en avait eu un. Nous devions être dans notre deuxième heure dans cette chambre quand je lui demandai dans un halètement : « Où as-tu appris à faire ça ? »

Fred releva la tête pour reprendre son souffle. « Ça ne s'enseigne pas, bon sang, donc ça ne s'apprend pas. » Elle remonta à ma hauteur et, les lèvres contre mon oreille, murmura : « Tu fais l'amour comme un intellectuel, Léon. »

En temps normal, je n'ai rien contre le qualificatif d'intellectuel, mais ainsi calé au creux d'un lit, je ne pris pas sa remarque pour un compliment. « Et comment, je te prie de me le dire, un intellectuel fait-il l'amour ? demandai-je.

— Ton plaisir passe par ton cerveau, pas par ton corps. Une petite voix dans ta tête te dit : "Ouah, regarde-moi – je suis en train de m'envoyer en l'air, donc ça doit être excitant." » (*Elle t'a percé à jour, Bronstein !* commenta Litzky dans ma tête.) Fred se redressa soudain sur un coude. « Quelle est la position russe en matière de réciprocité ?

— De réciprocité ? répétai-je sans comprendre.

— Faire aux autres ce que tu voudrais qu'ils te fassent », expliqua-t-elle.

Je compris. « Ahhh », dis-je.

« Ça m'a beaucoup plu, commentai-je d'une voix rauque, quand ce fut mon tour de reprendre mon souffle.

— Tu as l'air surpris, chuchota-t-elle. Moi aussi, ça m'a plu », avoua-t-elle d'une voix que je ne reconnus pas. Puis elle ajouta : « J'espère que cette rencontre des corps et des esprits aura une suite. » *C'est vrai, pourquoi s'arrêter en si bon chemin ?* déclara Litzky, son ton caustique résonnant dans ma tête. Fais-moi plaisir et va te faire foutre, marmonnai-je.

« Je t'ai bien entendu, Léon ? demanda Fred. Tu en redemandes ? Eh dis donc, tu n'es peut-être pas un intellectuel coincé, finalement. »

11

Tu es devenu un vulgaire Américain en Amérique...

Les garçons étaient déjà dans leurs lits superposés. Les jeunes paupières de Sergueï papillonnaient de fatigue, pendant que Liova lisait *Les Aventures de Paddy le Castor* à la lueur d'une bougie pour améliorer son anglais. Je m'assis sur le bord de son lit. « Dites-moi, les garçons, quel animal auriez-vous voulu être si vous étiez né animal ?

— C'est facile, papa, répondit Sergueï. Un vautour.

— Et pourquoi un vautour ?

— J'adorerais planer dans le ciel, porté par des rafales de vent, et regarder le monde de tout là-haut. Et quand j'aurais faim, je plongerais vers un champ grouillant de souris après avoir été labouré et j'en attraperais une grosse.

— Si je comprends bien, tu refuses de manger des vers de terre, mais pas des souris. »

Sergueï rougit. « Ce n'est pas pour de vrai, papa.

— Et toi, Liova ? Tu voudrais être quel animal ?

— Une araignée. Ce sont de super architectes. J'aime bien les regarder tisser leurs toiles avec des fils de soie très fins qui ont l'air fragiles, mais qui peuvent résister à des vents furieux et à des torrents de pluie. L'araignée a une patience incroyable : elle attend qu'une mouche sans méfiance se prenne dans sa toile, et là, elle la ligote avec ses fils de soie et s'en nourrit pendant des jours et des jours.

— Et toi, papa ? demanda Sergueï. Quel animal tu aurais voulu être ?

— Ah ! moi, j'ai déjà été réincarné – même si ça ne se voit pas, je suis une tortue.

— Une tortue ! s'exclamèrent les garçons en un chœur étonné.

— Une tortue, absolument. Devant l'ombre d'une menace, je rentre dans ma carapace où je suis au chaud et en sécurité pour pouvoir me concentrer sur le développement de ma théorie de la révolution permanente.

— Tu es une chouette tortue, papa, dit Liova.

— Et tu feras une chouette araignée, mon fils. » Penché sur les lits superposés de mes enfants, je remontai leurs couvertures et les embrassai pour leur souhaiter une bonne nuit.

Nata était dans l'étroite cuisine et réchauffait le pain de viande que les garçons et elle avaient mangé pour le dîner deux heures plus tôt. Je tirai une chaise jusqu'à la petite table et m'assis, content de me reposer après le trajet dans le métro aérien bondé. « Tes fils ne voulaient pas se coucher avant ton retour, dit Nata, me parlant par-dessus son épaule. J'ai dû insister quand la nuit est tombée. » Elle servit de la viande et des pommes de terre dans une assiette moins ébréchée que les autres et la posa devant moi. « Qu'est-ce qui t'a retenu, Lev ? » demanda-t-elle d'un ton détaché en me remplissant un verre de bière. Puis, se penchant vers moi, elle avisa mon cou. « Tu as une grosse marque rouge », fit-elle remarquer.

J'effleurai l'endroit du bout du doigt. « Ça démange un peu », dis-je.

Tu marches sur des œufs, m'avertit Litzky. *N'oublie pas que pour être crédible, un mensonge doit coller le plus possible à la vérité.*

« Tu t'es fait piquer par un insecte ? demanda Nata.

— Boukharine m'a emmené voir un film avec Charlie Chaplin, où il jouait le rôle d'un nouvel émigrant. Ensuite, on a retrouvé Lou Fraina, le communiste américain dont je t'ai parlé – le pauvre est installé dans un hôtel borgne à côté de Broadway, sans doute parce que les chambres n'y coûtent pas cher. Si j'ai été piqué par un insecte, c'est sûrement là. » Je tentai de changer de sujet. « Comment s'est passée ta journée ? »

Elle ignora ma question. « C'est drôle, j'ai eu la femme de Boukharine au téléphone cet après-midi, mais elle ne m'a pas parlé de Charlie Chaplin ni de Lou Fraina. »

Je me concentrai sur le pain de viande, que je faisais passer avec de grandes goulées de bière. « J'imagine que Boukharine ne lui raconte pas tout ce qu'il fait.

— Je ne te demande pas de me raconter tout ce que tu fais, rétorqua-t-elle avec impatience. Je te demande de rentrer à l'heure pour dîner avec ta famille. Je m'occupe de nos enfants du matin au soir – je les réveille, les lave et les habille pendant que tu dors encore à poings fermés, je leur prépare le petit déjeuner et les dépose à l'école, je les emmène au parc ou au zoo après, et pendant mon prétendu temps libre je fais les courses et cuisine pour nous quatre. La moindre des choses, Lev, ce serait que tu les couches et leur lises une histoire. »

Impossible de ne pas entendre la note désagréable dans sa voix. « La vie dans cet étrange pays n'est rose pour aucun de nous, lui rappelai-je.

— Désolée, dit-elle. Désolée. » Puis elle ajouta : « Tu m'as manqué, c'est tout, Lev. »

Tu es vraiment un salaud, murmura Litzky. *Tu as même réussi à faire en sorte qu'elle s'excuse.*

Lorsque nous nous couchâmes ce soir-là, je remarquai que Nata portait la chemise de nuit en soie que nous avions achetée aux puces à Paris et non mon pyjama de flanelle de rechange pourtant beaucoup plus chaud. Nous lûmes pendant une vingtaine de minutes, elle un mince recueil de poèmes de Pouchkine, moi les éditoriaux en pages intérieures du *Brooklyn Daily Eagle* que j'avais fourré dans la poche de mon manteau plus tôt dans la journée. Lorsque nous éteignîmes les lampes posées sur les chaises que nous utilisions en guise de tables de chevet, je marmonnai : « Dors bien, ma Nata, ma victime. »

Au lieu de se tourner sur le côté comme elle le faisait d'habitude, elle remonta sa chemise de nuit au-dessus de ses hanches et roula sur moi. « Ça fait presque trois semaines… » Elle n'alla pas au bout de sa pensée.

« Il est tard, ma chère Nata.

— Il est si tard qu'il est tôt », fit-elle observer, répétant ce que j'avais dit à Liova lorsque notre paquebot s'était amarré au quai à trois heures du matin. « N'oublie pas, chéri, que c'est l'oiseau du matin qui attrape l'asticot. » Glissant la main sous la ceinture du pyjama en flanelle, elle enroula les doigts autour de mon asticot. « Tu ne voudrais pas gâcher une érection prête à servir », dit-elle avec un petit rire nerveux.

J'entendis Litzky, pas du genre à laisser passer une occasion de me mettre en rogne, me hurler à l'oreille : *Où est-il écrit que tu ne peux pas faire l'amour à un corps de femme en fantasmant sur un autre ? Vas-y, bon sang de bois !*

Kholera égo zabéri ! marmonnai-je, manquant m'étrangler sur l'imprécation lancée à la meilleure part de moi-même. Que le choléra t'emporte !

« Que le choléra emporte qui ? » demanda Nata.

J'improvisai une explication : « Que le choléra m'emporte si je ne parviens pas à déclencher la révolution en Amérique. »

Nata dit d'un ton maussade : « Je parle de faire l'amour, tu parles de faire la révolution !

— À chacun son obsession », marmonnai-je.

Elle souleva la tête de ma poitrine. « L'intimité avec sa compagne, m'informa-t-elle, glaciale, est censée être du domaine du plaisir, pas de l'obsession. »

Écartant délicatement Nata, je grimpai sur elle et commençai à descendre le long de son corps, embrassant ses mamelons et son nombril, embrassant la tache de naissance sous sa hanche droite et l'intérieur de sa cuisse avant de diriger ma langue nouvellement instruite vers son sexe.

Soudain, je sentis sa main chaude sur ma tête qui me repoussait avec brusquerie. « Non mais qu'est-ce que tu fabriques ? »

Elle dégagea ses jambes et s'assit contre le mur, sa chemise de nuit enserrant ses genoux. « C'est dégoûtant, dit-elle, crachant les mots. Tu nous avais promis qu'on serait des Russes en Amérique. Tout d'un coup, tu es devenu un vulgaire Américain en Amérique.

— J'ai cru comprendre que les Français faisaient l'amour comme ça », dis-je. Mais elle n'était pas née de la dernière pluie.

« Tu vois quelqu'un ! » lâcha-t-elle entre ses dents.

Je me redressai à côté d'elle, le dos au mur. « Il n'y a personne... commençai-je, mais elle me coupa net.

— Ne me fais pas l'affront de nier, Lev. On est déjà passés par là : ton attirance pour les jolies femmes n'est pas un mystère – la veuve du socialiste assassiné à Berlin, l'infirmière suisse en Serbie. Tu n'as jamais vu une jupe sous laquelle tu n'as pas regardé, bon sang.

— Comment es-tu au courant pour l'infirmière en Serbie ?

— J'ai trouvé une de ses lettres dans la doublure de ton sac à dos.

— Je suis sur la sellette ?

— Quand tu cherches une satisfaction charnelle à l'extérieur de notre couple, c'est moi qui suis sur la sellette ! » Nata remonta la couverture jusqu'à son cou. « C'est toujours la femme qu'on accuse quand le mari fait un écart. Nous sommes prisonnières de notre féminité, Lev. Comment peux-tu ne pas le voir ? Soit les femmes sont séduisantes, soit elles ne le sont pas. Vous, les hommes, avez d'autres possibilités. Si vous n'êtes pas beaux et performants au lit, vous pouvez vous en tirer en étant riches. Et si vous n'êtes pas riches, vous pouvez vous en tirer en…

— En quoi ?

— … en faisant la révolution, en étant des révolutionnaires.

— Tu simplifies à l'excès, arguai-je, mais son ardent monologue coulait comme du magma, sans me laisser le moindre espace où glisser des mots.

— Je ne te reproche pas tes démangeaisons, poursuivit-elle, semblant s'adresser autant à elle-même qu'à moi. Je te demande seulement de ne pas les gratter sous le toit que nous nommons notre foyer. Je te demande seulement de ne pas m'humilier en rapportant dans notre lit ce que tu fais quand tu forniques avec une autre. » Là-dessus, elle se détourna et roula sur le flanc.

Était-ce mon imagination ou le tic-tac du réveil sur la chaise était-il devenu assourdissant ? Pendant un temps infini, nous fîmes semblant de dormir, même si aucun de nous n'était dupe. Puis j'entendis une voix lointaine, étouffée par ses lèvres pressées contre l'oreiller, dire : « Où s'en est-il allé, mon très cher cœur ?

— Où quoi s'en est allé, Nata ?

— L'oiseau de la jeunesse, l'oiseau parfumé de l'amour. » Elle se tourna vers moi jusqu'à ce que son visage frôle le mien. « J'ai fait passer clandestinement les comptes rendus du congrès du parti à Saint-Pétersbourg, chuchota-t-elle. Les camarades devaient tenir le papier au-dessus de la flamme d'une bougie pour faire apparaître l'écriture secrète, tandis que j'espérais contre toute attente que le militant rencontré à Odessa tomberait amoureux de la messagère.

— Je suis tombé amoureux de la messagère…

— Cette époque à Paris où nous avons vécu ensemble pour la première fois…

— L'appartement de la rue Lalande…

— Au 4, rue Lalande, deux étages au-dessus de l'épicerie, où le chat pelé te faisait penser à un rat.

Notre lit était tellement étroit que tu disais en plaisantant qu'il nous faudrait arrêter de manger et rester maigres comme des clous si nous voulions vivre sous le même toit.

— Je m'étais échappé de Sibérie sur un traîneau tiré par des rennes, le petit orteil de mon pied gauche était encore noir à cause de l'engelure…

— C'était avant que tu te laisses pousser la barbe.

— Nous avons fêté ton vingtième anniversaire en buvant du vin blanc bon marché dans le réduit qui servait de cuisine.

— Tu travaillais pour un journal…

— *Nache Slovo*. J'écrivais les éditoriaux…

— Tu étais perdu à Paris…

— Tu m'as emmené au Louvre, au jardin du Luxembourg, au Champ-de-Mars pour voir atterrir un ballon dirigeable. Nous marchions sur les quais de la Seine sous la pluie…

— Que nous est-il arrivé, Lev ?

— Deux fils, Nata. L'exil. La vie. »

Son ton se durcit. « J'étais prête à jouer les seconds rôles auprès du grand révolutionnaire Trotski – tant que Trotski tenait le premier rôle et n'était pas je ne sais où à copuler avec une putain.

— Je ne t'aime pas moins du fait que tu es un second rôle accompli, ma Nata, ma victime. Mais tu dois comprendre, je suis un homme… »

Je voyais ses yeux noirs de Cosaque incendier les miens. « Ce n'est pas une excuse », dit-elle dans un murmure féroce.

Elle me tourna le dos. Pendant ce qui me parut une éternité, je me concentrai sur son souffle court, tandis que nous dérivions tous deux dans une pénible insomnie.

12

Je veux mettre le feu à ce pays pour leur sauver la vie…

Ça m'était apparu subrepticement – je n'aimais peut-être pas l'Amérique, marquée au fer rouge par son génocide indien, son commerce des esclaves et son obsession capitaliste pour l'accumulation de richesses et la transformation des êtres humains en consommateurs, mais je commençais à aimer les Américains, en un mot, à apprécier ce que le monde voyait comme un défaut du caractère américain : leur innocence !

Le camarade Litzky n'en croyait pas ses oreilles quand il souffla dans l'une des miennes : *Certains Américains vivant dans ce qu'on appelle des cités sont persuadés que le lait chocolaté sort des pis de vaches brunes. Ça ne fait pas d'eux des innocents, Bronstein, ça fait d'eux des imbéciles.*

Écoute, arguai-je, il y a quelque chose de particulier chez les Américains – oh, je ne parle pas des John E. Hoover ni des prétendues superstars socialistes ; je parle de la classe ouvrière, ce que nous, marxistes-léninistes (oui, oui, j'en suis venu à me considérer comme léniniste), appelons le prolétariat. *Des exemples, je te prie,* insista Litzky. Tu veux des exemples, je vais t'en donner : à commencer par notre voisine, au 1522 Vyse Avenue, dans le Bronx, qui est passée emprunter de la margarine à Natalia et a proposé de nous garder les enfants pour qu'on puisse exceptionnellement sortir dîner au petit restaurant juif du bout de la rue ; ou la grosse serveuse du Monopole, sur la 2e Avenue, qui a glissé le pourboire laissé sur la table par Fred dans la boîte en carton marquée « Pour nos courageux vétérans » ; ou Stanley Cohen, le dentiste juif installé au-dessus de *Novy Mir*, qui m'a soigné une carie, mais a refusé le moindre centime d'un Russe parce que son père avait émigré d'un shtetl de Biélorussie. Tu saisis l'idée ? Je parle de gens ordinaires – les prolétaires aux pantalons râpés, aux semelles usées et aux yeux fatigués où brûle une rage latente – agrippés aux poignées au-dessus de leurs têtes pendant que le métro aérien serpente à travers ce labyrinthe nommé Manhattan en direction du Bronx. *Excuse ma lenteur d'esprit, Bronstein, mais pourquoi te sens-tu soudain obligé de parler de ça ?* Je parle de ça parce que ça a modifié mon attitude à l'égard de la révolution en Amérique, dis-je. *Pincez-moi, je rêve ! Léon Trotski doit réfléchir à deux fois à sa révolution parce qu'il aime bien certains Américains.* À trois fois, même, si tu veux tout savoir, dis-je. Mon aveu dut agacer Litzky parce que je l'entendis ricaner. *Treći put je čar – La troisième fois est la bonne.* Écoute, repris-je, alors qu'avant je m'imaginais provoquer une révolution dans cette Amérique par idéologie, je me rends compte à présent, parce que j'aime bien certains Américains, selon ta délicate expression, que la révolution en Amérique est cruciale pour donner à ces gens généreux la chose qui manque à leur vie : l'espoir. Je veux les libérer des entraves de leurs racines racistes, je veux les affranchir des capitalistes et des industriels qui les obligent à faire des journées de douze heures dans des ateliers de misère. En un mot, je veux mettre le feu à ce pays pour leur sauver la vie.

Je crus entendre Litzky applaudir, taper des mains très lentement, de cette manière moqueuse qui me hantait depuis la première fois que je l'avais entendue, autrefois en Ukraine, quand j'avais annoncé mon intention de quitter la sécurité de ma porcherie pour suivre le dicton de mon père : quand tu arrives à un croisement sur la route, m'avait-il inculqué dès qu'il s'était rendu compte que je savais parler, prends le chemin qui n'est pas pavé. Épargne-moi tes applaudissements cyniques, dis-je d'un ton sec à ma conscience, avant de me retourner vers ma nouvelle et meilleure amie américaine, Fred, qui était douée pour s'envoyer en l'air…

Yo, mon vieux copain Bronstein pense même en américain maintenant !

Ignorant l'interruption dans ma tête, je me rappelai que le don de Fred pour s'envoyer en l'air était presque aussi inventif que son argot était créatif. Elle était assise, jambes croisées, à l'autre extrémité du lit, le dos contre la peinture écaillée du mur, dans une espèce d'hébétude post-coïtale. Sa blouse paysanne, qui couvrait presque mais pas complètement ce qu'elle appelait sa chatte et que j'appelais son sexe, avait glissé le long d'un bras quand elle avait haussé les épaules, ce qu'elle faisait les rares fois où elle se trouvait à court de mots. « Pour répondre à ta question, dit-elle, rompant enfin le silence, ses paupières clignant paresseusement, j'ai arrêté d'être marxiste quand j'ai compris que les mots de Karl Heinrich n'étaient qu'un miroir aux alouettes.

— Un miroir aux…

— Aux alouettes. Des plans sur la comète. Ce que les autochtones de mon bled de Brooklyn appellent raconter des conneries, bordel.

— Tu te leurres, grommelai-je, si tu penses que la signification exacte et profonde du communisme se trouve dans les mots autrefois utilisés par le camarade Marx et le camarade Engels pour le décrire. La vraie signification, la signification profonde, ma chère et crédule Fred, est dans le ton ; dans la rage qui sature les espaces entre leurs mots et incite le prolétariat à la lutte des classes ; dans l'exubérance pantelante qui déconstruit les contes de fées capitalistes et pousse les camarades à la révolution lorsqu'ils prennent conscience de ce que le monde pourrait être par opposition à ce qu'il est. »

Sans chercher à masquer son agacement, Fred répliqua : « On peut s'accorder sur le fait qu'on n'est pas d'accord. Mais sois gentil de ne pas oublier ce que tu as entendu ici : ta fameuse dictature *du* prolétariat finira par être une dictature *contre* le prolétariat. Les fractures sociales que ta glorieuse révolution est censée réduire vont métastaser – la société se divisera entre ceux qui croiront malgré les preuves sous leurs yeux et ceux qui douteront à cause des preuves sous leurs yeux. » J'aurais été à la hauteur de la situation et aurais argumenté avec elle si je n'avais pas été distrait par son sourire aux lèvres serrées. Tendant une longue jambe nue, elle commença à me chatouiller la cuisse du bout des orteils. « Ma parole, si ça ce n'est pas un instant de révélation, Léon : sous tes dehors d'intellectuel, tu n'es qu'un de ces juifs marxistes au cœur tendre…

— Je ne suis pas un juif marxiste. Je suis un marxiste-léniniste qui se trouve être juif.

— À la bonne heure. Mais dis donc, c'est un truc juif, non, de creuser les espaces entre les mots pour en extraire la véritable signification ?

— Les juifs ne sont pas des mineurs, l'informai-je. Les juifs sont des tailleurs de diamants. On prend des idées brutes et on les taille avec une précision méticuleuse pour en faire de précieux concepts susceptibles de changer l'histoire. »

Fred remonta sa blouse sur son épaule nue. « Coucher avec toi m'a donné faim – et mieux vaut un déjeuner tardif que pas de déjeuner du tout.

— Où m'emmènes-tu aujourd'hui ?

— New York est une ville de ghettos, dit-elle. Certains quartiers regorgent de *Biergärten* allemands, de pubs irlandais, de trattorias italiennes et de delicatessen juifs. Mais je t'emmène dans une gargote américaine cent pour cent Dixieland. Fais-moi confiance ! »

13

Ton talon d'Achille, c'est croire que tu n'en as pas…

Fred en tête du cortège, nous sautâmes tous les trois (la dame en question, votre serviteur et son incorrigible conscience) dans le tramway hippomobile qui descendait Bleecker Street, puis prîmes le métro aérien pour filer vers le nord, avant de marcher – la nouvelle jupe aux genoux de Fred faisant tourner les têtes sur la 58e Rue – jusqu'à Columbus Circle et le légendaire Reisenweber's Cafe, où, comme dit le proverbe typiquement new-yorkais, le gratin se met à table. Se sentant pleine aux as grâce à sa paie hebdomadaire du *Brooklyn Eagle* dans la poche au-dessus de son sein gauche, Fred débour
sa les vingt-cinq cents par tête qu'il en coûtait pour manger au 400 Club, le restaurant huppé du deuxième étage, et écouter l'Original Dixieland Band jouer ce qu'elle appela du ragtime. « Rag, comme *ragged*, dans le sens de “syncopé” », m'informa Fred, répondant à la question que je n'avais pas eu le temps de poser, alors que les musiciens se détendaient entre deux *rags*.

Des serveurs harnachés d'un tablier de boucher blanc traversaient les salles à toute allure en soulevant des gerbes de sciure des lattes du parquet et tenaient miraculeusement en équilibre sur leurs paumes des plateaux garnis de nourriture et de boissons. Fred en alpagua un qui se dirigeait vers la cuisine pour lui passer commande, et il revint avec deux chopes de bière pression, une planche de bois sur laquelle étaient disposées des tranches de steak au poivre et un pot de moutarde au vin blanc. « Tu es content que je t'aie amené ici, Léon ? demanda Fred, se penchant vers moi et me criant dans l'oreille pour se faire entendre par-dessus le vacarme.

— C'est trop bruyant, criai-je en réponse. J'entends à peine ma conscience penser.

— Bon sang, Léon, ce n'est pas du bruit, c'est un nouveau genre de musique que les Noirs de La Nouvelle-Orléans nomment *jass* – ils jouent l'un de mes morceaux préférés entre tous, *Livery Stable Blues.* » Elle but une gorgée de bière et, se penchant de nouveau vers moi avec un rire joyeux, s'essuya les lèvres sur ma manche. « Le pianiste, le type grimé en noir, c'est la coqueluche de Broadway. Il s'appelle Jimmie Durante, mais les habitués de Reisenweber le surnomment le Schnozzola.

— Tu veux bien traduire *schnozzola* dans l'une des quatre langues que je parle ?

— *Schnozzola*, comme *schnoz*, idiot. *Schnoz* comme nez. Tu ne vois pas sa tête ? Durante, c'est "le Nez" ! »

Deux couples commencèrent à danser dans l'espace entre les tables devant l'estrade. « Regarde ça, Léon – ils dansent le turkey-trot. Tu veux essayer ? »

La voix excitée de Litzky s'éleva dans ma tête. *Allez, Bronstein. C'est peut-être ta dernière meilleure occasion d'apprendre à danser.*

Mes lèvres formèrent les mots « Sans façon, merci », avec l'espoir que Fred réussirait à les lire. Criant dans son oreille, j'ajoutai : « J'étais trop occupé à soigner les cochons dans la ferme paternelle pour apprendre à danser. Et je suis trop vieux pour commencer maintenant.

— On n'est jamais trop vieux pour être jeune », s'exclama-t-elle.

Je secouai la tête. « Je suis bien trop vieux pour faire semblant d'être jeune. »

Ce que Fred appelait *jass* et que j'appelais du bruit se tut, Dieu merci, quand le Nez et ses copains musiciens firent une pause cigarette, même si, à en juger par l'odeur, ils ne fumaient pas du tabac. Mes oreilles tintaient encore après qu'ils avaient arrêté de jouer et je dus faire un effort pour comprendre contre quoi Fred vitupérait. « Ne me dis pas que tu n'as pas vu la nouvelle dans le journal, s'écria-t-elle.

— À propos de l'ordre donné par le tsar à la garnison de Petrograd de réprimer la manifestation des femmes réclamant du pain ?

— Dans quel terrier de lapin enfouis-tu ta tête, Léon ? La nouvelle concernant Margaret Sanger –

merde alors, elle a été arrêtée pour avoir tenu une clinique œuvrant au contrôle des naissances. Pas étonnant – la Constitution garantit la liberté d'expression, si bien qu'on peut dire ce qu'on veut sur Woodrow Wilson et son idée farfelue de créer une ligue des nations, mais quand il s'agit de contraception dans l'Amérique puritaine, on se retrouve en taule.

— Une raison supplémentaire pour laquelle ton pays a besoin d'une révolution, dis-je. Cette Sanger est-elle ton modèle ?

— Ah ! Mon modèle, c'est la bourgeoise de Bath de Chaucer. Vous, les Russes, qui êtes otages de Tolstoï et de Dostoïevski, ne savez rien d'elle. J'ai assisté au cours que donne mon mari sur ce personnage des *Contes de Canterbury* de Chaucer au semestre dernier, et c'est comme ça que j'ai fait la connaissance de la bourgeoise de Bath. Elle s'appelait Alison et a eu cinq – j'ai bien dit cinq ! – maris, qu'elle a tous enterrés, y compris le dernier, qui avait vingt ans de moins qu'elle. La véritable révolution, mon cher et naïf Léon, viendra quand une armée de femmes se soulèvera contre la misogynie organisée de l'État et des Églises. Maintenant que tu as ajouté *schnozzola* à ton anglais imparfait, tu vas devoir assimiler le mot "misogynie". Saint Paul, le misogyne originel, a décrété qu'on ne devait pas autoriser les femmes à parler à l'église, et c'est ainsi que les évêques catholiques romains, dans leur grande sagesse, ont décidé qu'elles ne pourraient pas devenir prêtres. »

Pousse-la dans ses retranchements, me suggéra Litzky. *Demande-lui ce que les femmes attendent de cette révolution contre l'Église et l'État.*

« Éclaire ma lanterne, Fred. Qu'attendent exactement les femmes de cette révolution contre l'Église et l'État ?

— Les femmes espèrent obtenir ce qu'Alison considérait comme allant de soi – la souveraineté sur nos corps, la souveraineté sur nos amants et maris, qui s'imaginent qu'une érection leur donne un libre accès à nos vagins.

— Pas l'égalité ?

— La souveraineté, Léon, comprend l'égalité et plus encore. »

Faute de savoir quoi dire, je me contentai de : « C'est clair. »

Un sourire éloquent se matérialisa sur le visage de Fred. « Clair comme de l'eau de roche », acquiesça-t-elle.

Elle vient d'une autre planète, ton amie journaliste à moitié Mexicaine et à moitié juive. Quel rapport avec l'eau de roche ?

Je ne pus m'empêcher de poser à Fred la question de Litzky : « Quel est le rapport avec l'eau de roche ?

— Contrairement à l'air qu'on respire, à la nourriture qu'on mange ou aux vies qu'on mène, contrairement aux révolutions qu'on fait ou qu'on défait dans le Mexique de mon père ou la Russie de ton tsar, l'eau de roche a le bon goût d'être pure.

— Dans la porcherie de mon père, l'eau était une calamité – après la pluie, nos cochons se vautraient dans la boue, on devait les laver avant de les abattre pour espérer vendre la viande. »

Elle me contempla, les yeux plissés, pensive. « J'essaie de t'imaginer petit garçon, dans la porcherie boueuse de ton père, en train de laver les cochons. À quoi ressemblais-tu, enfant juif dans un pays orthodoxe élevant de la viande non casher ? »

Croyez-le ou non, à ma grande stupéfaction, la question de Fred suscita soudain en moi une nostalgie douloureuse. « Casher ou pas, ce n'était pas la question, m'exclamai-je. Mon père cultivait du maïs, qui avait le désavantage de nécessiter beaucoup d'eau, et des betteraves, qui avaient l'avantage de pousser en sept semaines. Un été, quand j'avais huit ans, il a essayé de semer de l'orge dans le champ sud, mais la récolte a été dévastée par la rouille noire et il n'en a jamais plus replanté. Il a élevé des vaches jusqu'à ce qu'il découvre qu'il y avait un marché pour le porc et se reconvertisse dans le cochon.

— Tu ne réponds pas à ma question.

— À quoi je ressemblais ? D'aussi loin que je me souvienne, je rêvais de m'enfuir de chez moi, des l'école, d'échapper aux gamins russes qui se moquaient du juif de Ianovka en le traitant d'assassin du Christ, d'échapper à ma corvée de nettoyage des cochons dans la porcherie boueuse.

— Et c'est ce que tu as fait ? Tu t'es enfui de chez toi ?

— Quand j'ai eu l'âge d'être appelé dans l'armée russe, j'ai abandonné la porcherie paternelle et suis devenu un révolutionnaire professionnel lancé dans une cavale permanente pour garder une longueur d'avance sur l'Okhrana du tsar. Enfant, je m'échappais en imagination.

— Qu'imaginais-tu ?

— J'imaginais avoir du succès auprès des filles, même si le succès, c'était de réussir à en convaincre une de descendre avec moi sur la rive tourbeuse du Dniepr et de faire semblant de m'intéresser aux étoiles tout en glissant négligemment la main sur sa hanche. Arrivé à la puberté, j'imaginais à quoi ressemblait vraiment ce succès – il ressemblait au corps féminin, dans sa glorieuse nudité, au bout de mes doigts.

— Et maintenant que tu es trop vieux pour être jeune ? »

Je me tournai pour regarder le Nez et son groupe jeter des mégots de cigarette dans un crachoir avant de remonter sans se presser sur la petite scène. « Aujourd'hui, avec l'âge, dis-je, j'imagine déclencher une révolution socialiste dans un pays. » Je la regardai dans les yeux. « N'importe quel pays, d'ailleurs, à commencer par l'Amérique. »

Fred ricana. « Ton rêve de révolution a un point commun avec l'orge de ton père, Léon : il ne s'enracinera jamais dans le sol américain. »

Une remarque que Litzky ponctua d'un *Je commence à penser qu'elle a raison.* Et en l'entendant dire à la fois par Fred et par ma conscience en résidence, je m'aperçus soudain que je doutais moi aussi que la révolution soit à l'ordre du jour en Amérique – le doute avait infecté un lobe de mon cerveau et me rendait plus pessimiste que je ne voulais l'admettre, même à moi-même, quant à ce que j'étais en mesure d'accomplir pendant mon exil américain.

Fred dut repérer l'ombre d'un doute dans mes yeux. « Eh, haut les cœurs, Léon ! Oublie la révolution une minute et concentre-toi sur le corps féminin qui sera bientôt nu au bout de tes doigts moites.

— L'un n'exclut pas l'autre, dis-je avec moins de conviction que j'en aurais montré d'ordinaire.

— L'un peut exclure l'autre, répliqua-t-elle – elle dut crier pour terminer sa phrase puisque le *rag* qu'ils appelaient musique reprenait –, si tu deviens la victime de cette révolution que tu rêves de mettre en œuvre. »

À la pause cigarette suivante, nous agitions tous deux le bras pour attirer l'attention du serveur et commander un autre verre lorsqu'un élégant en costume trois-pièces écru et chaussures en daim blanc, une crinière de cheveux gris retombant sur ses énormes oreilles, s'arrêta à notre table, une magnifique Ziegfeld Girl blonde dans son sillage. « Ça fait un bail, Fred, lança-t-il. Où est-ce que tu cachais ton beau petit cul ?

— Dans mon bled de Brooklyn, voilà où. Dis donc, Furman, je te croyais au trou.

— Ouais, j'ai purgé ma peine, chérie, et j'ai pas l'intention de repiquer avant la Saint-Glinglin.

— C'est quand, la Saint-Glinglin ? roucoula la blonde, visiblement pompette.

— Tu ne comptes pas nous présenter ta gazelle ? » demanda Fred.

Furman gloussa. « Je le ferais si je me rappelais son nom.

— Merde alors, Furman, piailla la blonde, ras le pompon que tu me prennes pour une dinde. » Elle se tourna vers Fred. « Je m'appelle Marybeth, trésor, et mon papounet ici présent le sait parfaitement.

— Faites pas attention à elle, dit Furman. Elle est mignonne comme tout quand elle est sobre. » Il m'examina d'un long regard appuyé. « Et ton ami, c'est qui ? » demanda-t-il à Fred.

Elle lâcha un rire. « Contrairement à toi, je me rappelle les noms, lui répondit-elle. C'est Léon. Léon Trotski. C'est un Russe célèbre.

— Célèbre pour quoi ?

— Célèbre pour avoir dirigé le premier soviet russe après la révolution de 1905. Et plus récemment pour vouloir présider le premier soviet américain ici, aux États-Unis d'Amérique.

— Première fois que je rencontre un Russe », admit Furman.

Je me joignis à la conversation, si on pouvait appeler ça une conversation. « On est donc à égalité, dis-je. C'est la première fois que je rencontre un gentleman du Sud.

— Il me plaît pas, déclara Furman, me regardant mais s'adressant à Fred.

— Pourquoi ?

— Trotski, ça m'a tout l'air d'être un nom juif. Chez nous, en Alabama, on a un vieux dicton : tant qu'un truc est pas cassé, on le répare pas. L'Amérique est pas cassée. J'aime pas les juifs qu'essaient de réparer ce qu'est pas cassé. »

Fred ferma les yeux d'exaspération. « Ton cerveau débile a sûrement oublié que j'étais à moitié juive. »

Furman haussa un sourcil. « Eh bien voilà, chérie, c'est exposé aux yeux de tous, sans emballage cadeau – ce "moitié juive", c'est ton défaut fatal, ton talon d'Achille. »

Marybeth parut perdue. « Mais merde, papounet, c'est qui Achille, et c'est quoi, son talent ? »

J'intervins : « Achille était un Grec », mais je n'eus pas l'impression que mon explication résolvait le mystère pour elle.

Heureusement, Furman et sa Ziegfeld Girl poursuivirent leur chemin, tandis que Fred et moi, à court de mots, nous concentrâmes sur nos bières.

« Eh dis donc, Léon, lança-t-elle, rompant le silence soudain glacial, dans ta vision des choses, tout le monde a-t-il un talon d'Achille ? »

Alerte aux œufs, Bronstein, murmura Litzky à mon oreille. *Tu marches dessus à tes risques et périls.*

Je hochai la tête. « D'après mon expérience, oui, presque tout le monde a un talon d'Achille.

— Toi aussi tu en as un ? »

Je hochai de nouveau la tête – avec circonspection.

« Alors, d'après toi, quel est mon talon d'Achille ?

— Le sexe, c'est évident. Tu es obsédée par le sexe. Tu en parles tout le temps. Tu le pratiques dès que tu trouves quelqu'un sur qui t'exercer. Tu redoutes le jour où tu ne seras plus sexuellement attirante, ce que tu considères comme une mort anticipée. »

Fred digéra ce que je venais de dire. « Et toi ? demanda-t-elle. Quel est ton talon d'Achille ?

— Je n'en ai pas.

— Ah ! C'est ça, ton talon d'Achille, Léon – croire que tu n'en as pas ! »

14

Seule la révolution socialiste peut ressusciter les morts...

La grande salle en forme d'éventail de la Cooper Union était remplie de ce que ma conscience râleuse, la plus incurable snob à avoir jamais mis les pieds dans un emporium de l'enseignement supérieur, considérait comme la populace : des ouvriers syndiqués en bleu de travail Levi-Strauss, des étudiants en salopette rêche, des membres du corps enseignant dans différentes nuances de flanelle grise, des balayeurs en combinaison jaune sale, des vendeuses du grand magasin Macy's à Herald Square en jupes-culottes identiques leur descendant aux chevilles. Il y avait même quelques types, que je pris pour des alcooliques du Bowery, dans un assortiment de velours côtelé élimé qui auraient été prêts à écouter le discours du diable en personne pour échapper une heure ou deux au violent orage de mars inondant l'East Village de Manhattan. « J'ai l'immense satisfaction personnelle, hurlait dans le microphone Algernon Lee, le directeur de la Rand School of

Social Science, tandis que je remuais, mal assis sur ma chaise pliante en métal derrière le pupitre, de vous présenter un éminent combattant russe pour la liberté, ici dans cet auditorium où Abraham Lincoln, Mark Twain et Susan B. Anthony ont captivé le public. La réputation de notre hôte le précède et je peux vous assurer que vous ne regretterez pas les quinze cents du ticket d'entrée. » Lee agita une main pour m'appeler au micro. « Mes amis, merci d'accueillir Léon Trotski ! »

Les gens se mirent debout pour m'acclamer, ce qui m'encouragea à croire que je ne perdais ni mon temps ni mon souffle à la Cooper Union. J'accueillis les applaudissements comme on chevauche une vague, puis voyant qu'ils persistaient, je fis signe à l'assistance de se rasseoir. Alors que les battements de mains et de pieds se tarissaient, je repérai Fred, qui me souriait au deuxième rang – son siège sur le côté m'offrait un aperçu de ses genoux délicieux. Après avoir tapoté le micro pour m'assurer qu'il fonctionnait, je saluai le public. « Mesdames et messieurs », commençai-je – et je remarquai aussitôt les expressions renfrognées sur les visages braqués vers moi. Litzky, sa voix excitée me brûlant l'oreille interne, me morigéna : *Eh oh, Bronstein, depuis quand tu salues un auditorium rempli de socialistes d'un "mesdames et messieurs" ?* J'admis qu'il avait raison et je me repris. « Camarades ! criai-je. Je vous salue au nom du prolétariat et de la révolution mondiale qui plane au-dessus des têtes des exploiteurs capitalistes comme un nuage d'orage prêt à éclater. » À ces mots, les mains et les pieds se mirent à taper de plus belle. Quand enfin le silence retomba dans l'auditorium, je me lançai dans le discours que j'avais répété avec Nata la veille au soir. « Comme beaucoup d'entre vous le savent peut-être, cet immeuble de la Cooper Union a été le premier au monde à être pourvu d'une cage d'ascenseur lors de sa construction – c'était en 1859, bien avant l'existence de l'ascenseur. M. Cooper, un inventeur lui-même qui, si j'ai bien compris, avait fait fortune grâce à une fabrique de colle, avait parié que l'ascenseur serait inventé. Ce qui est une autre manière de dire qu'il a imaginé l'avenir avant d'être rattrapé par le présent. Moi aussi, j'imagine l'avenir. À l'instar de M. Cooper et de sa cabine d'ascenseur il y a cinquante-huit ans, j'imagine l'orage politique qui apparaît juste au-dessus de l'horizon. » *Ralentis, Bronstein, prends une profonde inspiration et récolte les applaudissements*, postillonna Litzky dans ma tête. Je m'interrompis le temps que les mains et les pieds s'apaisent de nouveau. « L'Europe, poursuivis-je, est devenue le royaume de la stagnation – elle s'est transformée en cimetière géant pour les travailleurs qui se trouvent aux deux extrémités des baïonnettes aiguillonnées par le sang. »

Aiguillonnées par le sang ? On agite le peuple avec de la poésie, c'est ça, Bronstein ?

« Camarades, un océan de sang a été versé, trois millions de soldats russes ont été réduits à l'état de cadavres, les ouvriers, les paysans ont perdu leurs illusions et leur innocence. La révolution socialiste suppure dans les tranchées. Seule la révolution socialiste peut ressusciter les morts », rugis-je dans le microphone, pour me faire entendre par-dessus le chahut montant de la grande salle. La moitié du public s'était levée pour m'acclamer. D'un geste je réclamai le silence. « Je vous le dis, camarades : la révolution socialiste arrive en Russie ! »

Un Noir, deux rangs derrière Fred, grimpa sur sa chaise. « On n'est pas en Russie, ici, cria-t-il. Et l'Amérique, Trotski ?

— L'Amérique aussi est impatiente de jeter le modèle capitaliste dans la poubelle de l'histoire ! m'exclamai-je. La révolution est dans l'air que vous respirez, mon ami. La formule de votre président Wilson – "la paix sans victoire" – ne résoudra rien. Avec elle, l'Allemagne du Kaiser se trouverait en possession des territoires qu'elle occupe en Russie, en Belgique et en France, ce qui sèmerait les graines d'une autre guerre mondiale. »

Litzky ne put s'empêcher de me titiller. *Corrige-moi si je me trompe, Bronstein, mais c'est la première fois que tu discutes avec un Noir, n'est-ce pas ?*

Il n'y en avait aucun à qui parler dans la ferme de mon père en Ukraine, rappelai-je à ma conscience. Pas plus qu'à la Realschule Saint-Paul d'Odessa. Ou lors de mon exil sibérien.

Un calme inquiétant était tombé sur l'auditorium. Le Noir, toujours debout sur sa chaise, s'écria : « Le camarade Trotski ici présent semble s'être persuadé que l'Amérique est mûre pour la révolution. Il prend ses désirs pour la réalité.

— Prendre ses désirs pour la réalité, dis-je doucement – ma voix rauque se répercutant dans la grande salle grâce aux haut-parleurs – c'est ce qui a apporté des ascenseurs dans les cages de M. Cooper. »

Des applaudissements déferlèrent sur l'auditorium. Algernon Lee s'avança et me planta deux baisers humides sur les joues. « Que Dieu vous entende ! » lança-t-il.

Une réception était organisée pour quelques privilégiés dans la cantine de la Cooper Union après le discours. Brandissant sa carte de presse du *Brooklyn Daily Eagle*, Fred se faufila entre les deux matrones protégeant le sanctuaire de la plèbe et, se hissant sur une table – oh, encore ces genoux ! –, me regarda repousser les reporters. Après avoir plongé une tasse en fer-blanc dans l'immense saladier en verre rempli de ce que les Américains appelaient du punch, je me retournai vers la troupe d'où fusaient les questions.

« Vous qui vous êtes échappé d'une prison sibérienne du tsar, avez-vous l'intention de vous installer en Amérique de manière permanente, monsieur Trotski ?

— Je me vois retourner chez mère Russie quand le tsar Nicolas aura perdu son emploi, que ses prisons sibériennes auront été démolies et leurs ruines offertes à la steppe givrée. »

Aiguillonnées par le sang ! Offertes à la steppe givrée ! Qu'est-ce que tu as fumé, Bronstein ?

« À part fomenter une révolution, que voulez-vous réellement dans la vie, monsieur Trotski ? demanda un gentleman dont les moustaches de morse s'agitaient.

— Je veux être le premier à gravir la plus haute montagne de Russie, le mont Elbrouz, dans le Caucase.

— Monsieur Trotski ! Ici, monsieur Trotski : pourquoi est-ce si important d'être le premier ? »

Fais gaffe à ce que tu dis, Bronstein, sous peine de fournir la clé de ta libido au dénommé Freud, à Vienne.

Ignorant l'avertissement de Litzky, je répondis à la question. « Je veux être le premier » – je repérai Fred qui m'encourageait de son sourire aux lèvres serrées – « parce que personne ne se rappellera le nom du deuxième.

— C'est donc après la gloire que vous courez ? brailla une femme dont l'accent me parut irlandais.

— Je cours après la révolution. Si la révolution me rend célèbre, je porterai cette célébrité avec dignité et m'en servirai pour inspirer des révolutions sœurs.

— Si le passé sanglant éclaire le présent, vous avez plus de chance de finir tristement célèbre, dit la femme avec un sourire narquois.

— Les paysans russes affirment que le passé est imprévisible », l'informai-je. Son rire se mêla à tous les autres autour de la table – dont celui de Litzky. J'entendis cette vieille carne de conscience pouffer à mon oreille. *Ah ! J'ai dit exactement la même chose que cette femme le jour où tu as posé le pied dans le Nouveau Monde. Tout est écrit, Bronstein : tu commenceras peut-être par être un fameux révolutionnaire, mais si tu refuses de te laisser guider par ta conscience, tu es voué à sombrer dans l'infamie.*

J'aurais remis Litzky à sa place si mon regard n'avait été attiré par les trois hommes portant des costumes noir charbon identiques qui fendaient la foule. « Léon Trotski, entonna l'un d'eux, nous avons un mandat d'arrêt contre vous.

— Pour quoi ?

— Pour sédition. Pour avoir incité des Américains respectueux de la loi à se rebeller contre l'autorité de l'État. »

Algernon Lee tenta de s'interposer. « Au nom de quelle autorité l'arrêtez-vous ? »

Le premier agent agita un bout de papier sous le nez d'Algernon. « Au nom de l'autorité du gouvernement des États-Unis. »

Fred glissa de son perchoir sur la table et m'attrapa le bras. D'un geste étudié, l'un des agents retira un à un les doigts qu'elle avait posés sur moi. « S'opposer à un agent du Bureau des investigations dans l'exercice de ses fonctions est un délit, mademoiselle.

— Allez vous faire foutre », dit Fred avec colère. Les autres personnes autour de la table, socialistes à tout crin, l'acclamèrent. L'agent la repoussa sans ménagement, puis sortit des menottes qu'il glissa à mes poignets avec une dextérité telle que je n'eus pas le temps de dégager mes mains. Saisissant la chaîne entre les deux menottes comme si c'était une laisse pour chien, il me tira à sa suite vers la porte, tandis que les deux autres ouvraient la mer Rouge des socialistes. « Je vous ferai sortir dans l'heure ! cria Algernon Lee derrière nous.

— Les poules auront des dents et il gèlera en enfer avant que vous soyez dehors », marmonna mon maître-chien.

La portière arrière de la limousine noire aux vitres teintées garée le long du trottoir s'ouvrit à notre approche. L'un des agents me força à baisser la tête et me poussa sur la banquette. Un de ses collègues et lui se glissèrent de chaque côté pour m'encadrer. Une fois que le moteur eut démarré en pétaradant et que le véhicule eut rejoint la circulation sur la 3e Avenue, la silhouette assise à côté du chauffeur se tourna vers moi. « Je sentais bien que nos chemins allaient se recroiser, dit l'homme.

— Ça alors, si ce n'est pas M. Hoover, du Bureau des investigations ! » dis-je.

Il ne sourit pas. « Lui-même en personne.

— Mettez la tête entre les genoux, m'ordonna l'agent assis à ma droite.

— Pas question que je mette ma tête… »

Sans prévenir, l'autre me balança un coup de poing dans le ventre. Je lâchai un cri de douleur sourd et, me pliant en deux, la tête entre les genoux, vomis sur mes chaussures.

« Putain de merde, dit l'agent qui m'avait frappé.

— Vous n'auriez pas dû taper si fort, dit Hoover en riant.

— Je saurai pour la prochaine fois, chef », dit l'agent.

Compte tenu de la puanteur immonde dans la voiture, M. Hoover et ses sbires furent aussi soulagés que moi d'arriver à destination quelque part dans le sud de Manhattan. Je sentis que la voiture descendait une rampe pour entrer dans un garage souterrain. Sans perdre une seconde, les agents m'extirpèrent de l'habitacle et m'embarquèrent dans un monte-charge qui s'éleva jusqu'au septième étage. On me fit retirer ma ceinture et mes lacets, vider le contenu de mes poches sur une table, puis on me poussa dans une cellule aveugle, pourvue d'un lit de camp métallique poussé le long d'un mur, avec des planches de bois en guise de matelas, et de toilettes sans abattant. « J'ai besoin d'eau pour nettoyer mes chaussures et mon pantalon, criai-je à l'un des agents.

— Il y a de l'eau dans les toilettes, répondit-il en ricanant.

— Vous pensez vraiment que je vais utiliser l'eau de la cuvette ? Même les prisons du tsar disposaient de l'eau courante pour leurs hôtes.

— À vous de voir, dit l'agent. Utilisez-la ou non, je m'en contrefous. »

Il claqua la porte derrière lui et j'entendis le bruit d'un verrou qu'on tire. Très haut au-dessus de ma tête – hors de portée de mes mains – une unique ampoule s'alluma et brilla intensément. Vétéran des prisons tsaristes, je savais ce qui m'attendait : les techniques policières sont universelles et la lumière vive ainsi que l'absence de matelas visaient à me priver de sommeil. Plusieurs heures plus tard – j'avais perdu la notion du temps ; je ne savais plus si c'était le jour ou la nuit –, un bol en fer-blanc rempli de bouillie fut glissé par une petite ouverture dans la porte. Je pris le bol, vidai le rata dans la cuvette des toilettes et tirai la chasse, puis j'utilisai le bol pour prendre de l'eau et essuyer les traces de vomi sur mon pantalon et mes chaussures. Soudain assoiffé, je remplis le bol d'eau des toilettes et bus – tout en gardant le regard braqué comme par défi sur l'œil-de-bœuf percé haut dans la porte de ma cellule.

« Je déduis de votre comportement que vous avez déjà été incarcéré, Trotski. » Ce fut par ces mots que Hoover m'accueillit pour ce qui allait se révéler le premier de plusieurs interrogatoires. On m'avait fait traverser un étroit couloir puant l'encaustique et le renfermé, jusqu'à une autre pièce aveugle où l'on m'avait poussé sur une chaise de cuisine. M. Hoover présidait derrière un bureau ridiculement petit équipé d'un encrier à l'ancienne. Un gentleman vêtu d'un impeccable costume en tweed, les cheveux ras, les joues rubicondes bordées de longs favoris, observait la scène d'un angle de la pièce.

« On ne s'habitue jamais à l'incarcération, dis-je. Les agents de l'Okhrana du tsar étaient manifestement plus habiles que vous. Lorsqu'ils asseyaient un prisonnier sur une chaise, ils prenaient soin de raccourcir les pieds de devant afin qu'il soit déstabilisé pendant l'interrogatoire.

— Merci pour le tuyau, Trotski. J'attirerai l'attention de mes supérieurs sur ce point.

— La dernière fois qu'on s'est rencontrés, vous me laissiez entrer dans le pays pour que je puisse radicaliser les socialistes et ainsi les discréditer aux yeux de la populace. C'est ce que j'étais en train de faire. Qu'est-ce qui a changé ?

— Il n'a manifestement pas vu les derniers télégrammes en provenance d'Europe, dit le gentleman aux favoris.

— Hier, le 8 mars de l'an de grâce 1917, déclara M. Hoover, des émeutes de la faim ont éclaté dans la capitale russe de Petrograd. Des unités de l'armée envoyées par le tsar pour les réprimer se sont mutinées et ont rejoint les manifestants. Votre tsar s'est hâté de rentrer du front, mais les cheminots ont retardé son train et exigent son abdication. Nos amis britanniques craignent qu'il n'obtempère. Ce qui fait de vous, d'après eux, l'homme le plus dangereux de New York : si le tsar abdique, une hypothèse de plus en plus probable, votre Lénine et son lèche-bottes cire-pompes Trotski tenteront de s'emparer du pouvoir et de sortir la Russie de la guerre, ce qui serait un désastre pour les Britanniques et les Français. Ils nous ont donc persuadés de vous retirer de la circulation le temps que les choses se calment et qu'on puisse voir dans quel sens le vent tournera en Russie. »

Réprimant le sentiment de joie pure que j'éprouvai à l'annonce des nouvelles de Petrograd, je me tournai vers le gentleman aux favoris. « Je suppose que vous êtes l'un de ses amis anglais.

— Vous me pardonnerez de ne pas me présenter », répondit le gentleman.

Je reportai mon attention sur Hoover. « J'avais cru comprendre qu'aux États-Unis on ne pouvait pas simplement retirer quelqu'un de la circulation.

— Allez dire ça à un juge – si vous en voyez un », rétorqua M. Hoover. Un sourire suffisant déforma son visage. « Vous êtes dans de très sales draps, Trotski. Il y a des lois dans ces États-Unis qui punissent l'incitation à l'émeute.

— J'incitais à la révolution, pas à l'émeute.

— Émeute, révolution, les deux faces d'une même pièce. Vous tentiez de déstabiliser les États-Unis d'Amérique, une nation indivisible qui garantit la justice et la liberté pour tous. » M. Hoover s'adressa au gentleman aux favoris. « Nous espérons convaincre un jour le Congrès d'ajouter "sous l'autorité de Dieu" à notre charmant serment d'allégeance.

— Sous l'autorité de quel dieu ? » demandai-je.

M. Hoover parut surpris. « Pardon ?

— Une nation sous l'autorité de quel dieu, monsieur Hoover ?

— De celui que les Hébreux dans l'Ancien Testament nomment Yahvé : *le* seul et unique dieu. » Les paupières de M. Hoover se fermèrent tandis qu'il récitait : « *Chema Israel Ado-naï Elo-henou Ado-naï e'Hade.* »

Enfer et damnation – ce salopard est juif, s'étrangla Litzky dans ma tête.

« Se pourrait-il que vous soyez juif ? » m'enquis-je.

M. Hoover rouvrit les yeux d'un coup. « Non que ça vous regarde, mais il se trouve que je suis, comme notre président Wilson, presbytérien pratiquant. Et, comme les protestants en général, nous, presbytériens, reconnaissons nos racines juives, spirituellement parlant. »

Je commençais à apprécier la conversation avec le Néandertalien qui dirigeait le Bureau des investigations. « Il se trouve que je suis athée pratiquant, expliquai-je, me penchant en avant sur ma chaise, mais je suis parvenu depuis longtemps à la conclusion que votre seul et unique Dieu constitue le cœur du problème. Du temps où les gens adoraient – priaient – plusieurs dieux, le monde était plus ou moins capable de survivre à ce que Karl Marx a très justement appelé l'opium du peuple : la religion. Mais votre syndrome du Dieu unique signera la destruction de la civilisation, parce que si vous croyez sérieusement qu'il n'existe qu'un seul Dieu, vous êtes plus ou moins obligé de forcer tout le monde à adorer votre Dieu. Et si les autres refusent, vous êtes plus ou moins obligé de les traiter d'hérétiques et de les tuer. Combien d'êtres humains ont-ils vu leur vie abrégée par des fanatiques religieux tentant de les convertir à leur *unique* Dieu ? Des tonnes. Des millions. »

M. Hoover se cala dans son siège. « Vous êtes un drôle d'oiseau, Trotski, je l'admets. Je ne m'attendais pas à discuter religion avec un marxiste… »

Le gentleman aux favoris se racla la gorge dans son coin de la pièce. « J'espérais en effet assister à quelque chose de plus pertinent qu'une discussion philosophique sur la religion entre un juif marxiste et un presbytérien capitaliste », dit-il.

Ils t'ont qualifié de marxiste, claironna Litzky à mon oreille. *Il t'incombe de rétablir la vérité, Bronstein.*

J'élevai la voix : « Je me considère comme un marxiste-léniniste, en insistant sur le léniniste.

— Ah, ça change tout, dit le gentleman. Marx, mon cher Hoover, n'était qu'un misérable théoricien qui a tordu la réalité historique en un nœud gordien dans une tentative de lui donner un sens économique. Le Lénine de Trotski espère s'imposer comme un praticien du carnage commis au nom de ce nœud marxiste antédiluvien. »

Décidément, il a un sacré accent anglais ! commenta Litzky.

Je m'avisai alors que M. Hoover n'était pas le plus haut gradé dans la pièce ; c'était le gentleman aux favoris. « Vous parlez avec un accent anglais, remarquai-je.

— Je suis anglais jusqu'à la moelle, monsieur Trotski. Et sacrément fier de l'être.

— Ne seriez-vous pas sir William Wiseman, par hasard ? Le responsable du renseignement britannique à New York ? Les socialistes disent de vous que vous avez des lacets repassés tous les matins et un écouvillon de soldat dans le cul. »

Le coin des lèvres pincées du gentleman s'étira en un sourire fin comme une lame de rasoir. « Si je puis me permettre une suggestion, dit-il d'une voix si douce que je pris soudain conscience qu'il donnait un ordre à M. Hoover. Votre M. Trotski est trop éveillé, John. S'il a bel et bien communiqué avec ce Lénine, il ne nous en parlera pas ce soir, quel que soit le temps qu'il passera sur son séant. Nous réussirions peut-être à tirer davantage de lui s'il était privé de sommeil un jour ou deux, ou même trois. La fatigue délie les boyaux et les langues. »

C'est ainsi que je passai des heures interminables (et indénombrables, après la confiscation de ma fidèle montre de gousset suisse) à me tourner et à me retourner sur les planches de bois de mon lit de camp en tentant, avec mon avant-bras, de me protéger les yeux de l'ampoule allumée au plafond et de me boucher l'oreille avec un doigt pour ne plus entendre l'enregistrement nasillard, diffusé en boucle dans ma cellule, de leur président Wilson lisant la Déclaration d'indépendance. Au début de l'épreuve, je luttai contre la torpeur en poursuivant une conversation vacharde avec ma conscience, mais Litzky perdit de son mordant à mesure que se prolongeaient les heures de douloureuse veille ; pour une fois, son cœur – ou devrais-je dire nos cœurs ? – n'y était pas. Dans l'espoir de faire passer le temps plus vite, je convoquai des images de Fred la première fois où je l'avais vue nue, mais son visage et son corps se transformèrent vite en images de Natalia qui, elle, était habillée. Plus que le ronronnement monotone de la voix du président Wilson ou que la dureté infernale des planches sous ma hanche, je me rends compte avec le recul que c'étaient mes efforts désespérés pour déchiffrer les messages que m'envoyait mon cerveau, dans son infinie fatigue, qui m'empêchaient de glisser dans la sécurité relative du sommeil ne serait-ce que l'espace d'un battement de cils.

« Donc, Trotski, disait l'Anglais que je prenais pour William Wiseman, lors de votre séjour en

France, vous dirigiez le journal parisien *Nache Slovo*, qui publiait des articles appelant les travailleurs à souhaiter la défaite de leurs propres pays dans la mesure où la défaite créerait les conditions de la révolution. Vous avez développé le même thème dans vos articles ici, ainsi que dans vos discours devant divers publics socialistes. Je suppose que vous avez été en contact avec votre Vladimir Lénine depuis que vous êtes réfugié aux États-Unis. »

C'était mon deuxième interrogatoire – ou peut-être le troisième, ou le dixième pour autant que je sache ; j'avais perdu le compte à un moment –, mais j'étais quasi certain que les questions étaient posées par l'Anglais assis derrière le bureau ridiculement petit, tandis que le jeune John E. Hoover tirait sans répit sur son cigarillo puant, rencogné dans un coin de la pièce étouffante.

« Si je pouvais dormir une minute, pas plus », suppliai-je d'une voix si alourdie de fatigue que j'eus du mal à la reconnaître.

L'homme aux favoris leva les yeux pour examiner le plafond. « Le sommeil qui retisse les fils enchevêtrés du souci, Mort de la vie de chaque jour [1] », déclama-t-il comme s'il récitait un célèbre poème.

Je secouai la tête pour chasser les toiles d'araignées. « Correspondre avec Lénine n'est pas un délit, affirmai-je.

1. Shakespeare, *Macbeth*, acte II, scène 2, La Pléiade, Gallimard, 2002, traduction de Jean-Michel Déprats.

— Je ne prétends pas que c'est un délit, dit l'Anglais d'un ton apaisant. Nous aimerions seulement comprendre ses intentions quand il prendra le pouvoir en Russie, s'il le fait.

— Vous vous intéressez à son programme ?

— En effet.

— Je peux vous révéler la première mesure à son ordre du jour… »

Dans ta torpeur, prends garde à ne pas divulguer des secrets d'État, gémit Litzky à mon oreille – à en juger par son ton, il était aussi somnolent que moi.

« Soyez gentil, poursuivez, Trotski. La première mesure de Lénine nous intéresse au plus haut point. N'est-ce pas, John ? »

De son perchoir dans le coin de la pièce, M. Hoover joua le jeu lancé par l'Anglais. « Votre Vladimir Lénine voudrait sûrement que le monde apprécie sa première mesure, suggéra-t-il.

— Si vous pensez réellement que le monde profiterait de cette information…

— J'en ai la conviction, affirma l'Anglais. Et vous vous sentirez plus léger après nous l'avoir révélée.

— Sa première mesure, quand nous, bolcheviks, prendrons le pouvoir et que le camarade Lénine deviendra le tsar de tous les Russes, sera de réformer l'alphabet cyrillique et de simplifier l'orthographe.

— Ce connard se paie notre tête, rugit M. Hoover près du mur.

— Réformer l'alphabet, simplifier l'orthographe, poursuivis-je d'une voix somnambulique, engourdi d'épuisement mais me creusant la tête pour retrouver les mots exacts de Lénine. Plus qu'une obscure restructuration économique visant à remettre les moyens de production entre les mains d'un petit nombre de prolétaires des villes, ce sont ces mesures qui rallieront des hordes de paysans illettrés à la cause bolchevique.

— C'est tout ? dit l'Anglais aimablement. Pas d'exécutions sommaires, pas de bannissement des opposants dans la steppe sibérienne, pas de cessation des hostilités ni de paix séparée avec l'empereur d'Allemagne ?

— Non, acquiesçai-je d'un ton fatigué.

— Mon Dieu, j'avoue que ce n'est pas ce à quoi je m'attendais de la part de Vladimir Lénine », admit l'Anglais aux favoris.

Quand je repense aujourd'hui à cette scène, je me rappelle avoir été frappé par la déception sincère du bonhomme ; lui qui espérait de la viande rouge avait mis les pattes sur du poisson pourri. Je me rappelle aussi la porte s'ouvrant à la volée et la jeune femme qui fit irruption dans la pièce pour lui fourrer une feuille de papier dans la main. Je le revois poser délicatement des lunettes à monture d'acier sur son long nez anglais et se pencher sur le document ; je l'entends encore prononcer une expression jusque-là inconnue de moi et dont je ne saisis pas complètement la teneur : « Bordel à cul ! »

Je me rappelle avoir pensé, dans ma torpeur, que l'Anglais à favoris devait avoir l'habitude de fréquenter les bordels. Sans quoi comment en aurait-il connu les subtilités ?

Je me souviens que M. Hoover regarda par-dessus l'épaule de l'Anglais. « C'est une ordonnance d'habeas corpus, expliqua-t-il. Elle semble avoir été présentée par l'avocat d'Algernon Lee et signée par un des juges de la cour d'appel de New York, infestée de marxistes. Je crains, William, que nous n'ayons pas le choix : nous devons le relâcher. »

La voix épuisée de Litzky satura mon esprit. *Je me tire d'ici !* s'écria-t-il, célébrant sa libération plus que la mienne.

Je comprenais ce que signifiait une ordonnance d'habeas corpus. Assis en équilibre précaire sur la chaise de cuisine dont les pieds de devant avaient récemment été raccourcis, je fermai aussitôt les yeux et, agitant mes bras gourds, plongeai tête la première dans un océan de sommeil.

15

Lénine a dit qu'il y a des semaines où il se passe davantage de choses qu'en plusieurs décennies…

« Dis-moi la vérité, pour une fois, insista à voix basse Natalia, tendue, afin que les garçons, qui dormaient dans la pièce voisine, ne nous entendent pas nous quereller. Nikolaï Boukharine a téléphoné pour prévenir que tu étais gardé à vue – ce sont ses mots. Je lui ai demandé par qui. Ton copain ne savait pas. Je lui ai demandé où. Il ne savait pas non plus. Dieu sait que j'ai envie de croire Nikolaï. Dieu sait que j'ai envie de te croire – mais je ne suis pas née de la dernière pluie, Lev. S'il y a une femme…

— Ce n'est pas ce que tu crois, Nata, grommelai-je, encore abruti après mon incarcération. J'ai été absent combien de temps ?

— La question n'est pas combien de temps… Ça fait trois jours et, surtout, trois nuits entières. La question, c'est : où étais-tu ? »

Je décrivis une fois encore le garage souterrain, le monte-charge, la cellule avec son ampoule nue et brillante au plafond, ainsi que les toilettes sans abattant et les planches de bois en guise de matelas sur le lit de camp, dans l'idée que le simple poids des détails la persuaderait que je lui disais la vérité vraie. Mais bien avant que je passe en chancelant la porte de notre appartement du Bronx – pas rasé, dépenaillé, des touffes de cheveux emmêlés sur ma tête douloureuse, la braguette à moitié ouverte, les pans sales de ma chemise autrefois blanche traînant derrière moi comme un sillage –, elle s'était convaincue que j'avais passé ces trois jours et trois nuits avec quelqu'un qu'elle nommait « cette femme ». Je continuai à lui fournir les détails à mesure qu'ils me revenaient en mémoire – le coup de poing abrupt dans le ventre, mes chaussures et mon pantalon maculés de vomi que j'avais nettoyés avec l'eau de la cuvette des toilettes, l'œil-de-bœuf haut placé dans la porte de la cellule, le braillement nasillard du président Wilson diffusé dans la pièce – dans l'espoir de la faire changer d'avis. Jusqu'à ce que j'évoque le seul détail qui eut raison de ses soupçons : je lui racontai que je ne cessais de glisser de la chaise de cuisine aux pieds de devant récemment sciés – sciés parce que j'avais parlé à ce John E. Hoover des techniques d'interrogatoire de l'Okhrana.

Nata ouvrit la bouche et s'exclama dans un souffle : « Tu n'aurais pas pu inventer ça ! » Et elle jeta les bras autour de mon cou encore raide d'avoir été recroquevillé sur des planches et chuchota à mon oreille : « Je ne sais pas ce qui m'a pris, Lev. J'étais folle d'inquiétude. » Elle tremblait d'un rire silencieux.

« Quand je m'efforçais de m'échapper dans le sommeil, Nata, mon amour, ma victime, c'est ton image que je convoquais.

— Pourquoi crois-tu qu'ils t'aient arrêté ? Qu'aurais-tu bien pu leur dire qui ne figure pas dans le journal ? »

Nous nous assîmes dans la cuisine pour lire et relire les gros titres glorieux en première page du *New York Times*, qui résonnaient à nos oreilles comme un triomphal cri de guerre médiéval. Elle avait déchiré la page et l'avait étalée sur la table, maintenue dans les coins par la salière, la poivrière et des verres à eau. Je suivis du doigt les manchettes comme si elles étaient écrites en braille, tout en lisant une fois encore les mots qui allaient changer nos vies et celles de nos enfants. RÉVOLUTION EN RUSSIE ; ABDICATION DU TSAR ; L'IMPÉRATRICE SE CACHE ; LES DÉPUTÉS DE LA DOUMA FORMENT UN GOUVERNEMENT PROVISOIRE ET SIGNENT LES PREMIERS DÉCRETS.

« Je me rappelle Lénine disant qu'il y a des décennies où il ne se passe rien et des semaines où il se passe davantage de choses qu'en plusieurs décennies. Nous vivons une de ces semaines. » Je sentis le souffle brûlant de Litzky me roussir l'oreille. « On doit rentrer à la maison », dis-je à Nata.

Son rire silencieux, qui ressemblait à des pleurs, resurgit. « Je commençais à me faire à l'idée folle de vieillir ensemble dans un pays étranger appelé le Bronx… » Avec un frémissement, Nata se reprit. « Mais comment allons-nous pouvoir rentrer, mon chéri ? Nous économisons déjà chaque sou pour payer le loyer et nous nourrir, les enfants et nous. Où trouverons-nous de quoi payer notre passage à tous les quatre sur un navire en partance pour la Russie et la révolution ? »

16

Ce serait mal élevé d'arriver en retard pour la révolution...

Quand enfin je pénétrai dans le bureau en sous-sol de *Novy Mir*, le lendemain matin – avec une bonne heure et quart de retard parce que j'avais continué à dormir malgré la sonnerie du réveil de Nata sur la chaise près du lit et ses suppliques exaspérées pour que je bouge –, mon grand ami Nikolaï Boukharine rangeait son bureau et fourrait ses affaires dans un sac à dos des surplus de l'armée.

« Tu t'en vas ? demandai-je, même si je connaissais la réponse.

— Je rentre à la maison, camarade, dit-il d'un ton survolté.

— Comment ? »

Il baissa la voix pour ne pas être entendu des autres, agglutinés bruyamment autour du percolateur à café flambant neuf, à l'autre bout de la pièce. « Je pense traverser l'Amérique en train, avant d'embarquer sur un vapeur pour le Japon. De là, je suis sûr de trouver un moyen de rejoindre la Sibérie. Et ensuite le transsibérien pour traverser la Russie jusqu'à Petrograd et la révolution. »

Devant la cafetière, les permanents de *Novy Mir* discutaient à qui mieux mieux. Des bribes de conversations nous parvenaient.

« J'ai entendu dire que des millions de paysans avaient déserté et étaient retournés à la campagne pour la moisson…

— Il paraît que les femmes descendues dans la rue pour exiger du pain criaient des slogans bolcheviques…

— Leurs fils et leurs maris de la garnison de Petrograd, Dieu merci, ont refusé d'obéir à l'ordre de réprimer les manifestations… »

Nikolaï me regarda, visiblement tourmenté. « J'ai économisé tout ce que j'ai pu en prévision de ce jour. Mais je n'ai qu'un billet à payer – toi, quatre.

— Ne t'en fais pas, lui dis-je. On doit tous trouver un moyen de rejoindre la révolution le plus vite possible. »

Nikolaï éclata de son rire tonitruant. « Ce serait mal élevé d'arriver en retard pour la révolution, n'est-ce pas ? » Il redevint sérieux. « Si je pouvais t'aider…

— Tu le ferais. Je sais. »

Nous nous jetâmes dans les bras l'un de l'autre et nous étreignîmes – deux vieux camarades au bord de l'apocalypse. « On se retrouvera à Petrograd, promis-je.

— Oui, oui, c'est sûr, on se retrouvera à Petrograd pour organiser la révolution et le premier État ouvrier du monde. »

La cloche au-dessus de la porte d'entrée sonna et un Noir très mince, portant une boucle d'oreille ainsi que le costume noir et la casquette caractéristiques des chauffeurs, hésita sur le seuil. Le rédacteur en chef, mon vieux copain de Saint-Pétersbourg Gregory Weinstein, cria : « Entrez, bon sang », et l'homme entra. « Je cherche un M. Trotski », dit-il. Nikolaï, pouffant de rire, saisit mon poignet et le brandit. Le chauffeur sortit une enveloppe cachetée de sa poche de poitrine et me la tendit. Mon nom y était inscrit d'une belle écriture calligraphiée. *À l'attention du très honorable révolutionnaire Léon Trotski, confidentiel*, y lisait-on. Je déchirai l'enveloppe et, sentant le regard de Nikolaï par-dessus mon épaule malgré l'injonction à la confidentialité, lus le message : « Après l'abdication du tsar, je suppose que vous êtes impatient de retourner en Russie. Je suis en mesure de vous y aider. Je vous invite à partager un sandwich avec moi à Washington Square Park, monsieur Trotski. Vous me trouverez sur un banc près de l'entrée de Waverly Place, un numéro de votre *Novy Mir* à côté de moi. À midi. Soyez aimable de ne pas me faire attendre. »

Le message était signé mais, contrairement au texte sans doute écrit par une secrétaire, la signature était illisible. « Vous travaillez pour qui ? demandai-je au Noir, espérant déchiffrer le nom de l'auteur de la lettre.

— Pour mon employeur, pardi, répondit-il avec un grand sourire.

— Et qui est votre employeur ? insista Boukharine.

— Aux dernières nouvelles, c'était M. Zylberstein.

— Asher Zylberstein, le magnat juif de l'aluminium, précisa Nikolaï. Il est tellement riche qu'il loue une suite à l'année au Waldorf-Astoria, paraît-il. » Nikolaï ricana. « Ce ne serait pas la première fois que tu fricoterais avec des capitalistes pleins aux as. Qu'as-tu à perdre ? »

Je repérai le numéro de *Novy Mir* sur le banc du parc (il entourait un épais sandwich au pain de seigle et pastrami) à côté d'Asher Zylberstein, pas rasé et vêtu d'un pantalon en velours côtelé élimé et d'un duffle-coat qui avait affronté une tempête de trop. Il semblait frôler les quatre-vingts ans. Des mèches de cheveux gris soyeux s'échappaient de sa casquette de marin. « Vous devez être le gentleman qui m'a convié à partager son déjeuner, dis-je en me plantant devant lui.

— Et vous, mon cher, devez être le fameux Léon Trotski, répondit-il avec un petit gloussement ironique.

— Certains me traitent d'infâme, dis-je en prenant place à côté de lui sur le banc.

— Je soupçonne que ce qui sépare le fameux de l'infâme est la façon dont on traite un monarque héréditaire dirigeant d'une main de fer un pays aussi vaste que la Russie. Êtes-vous tenté par la moitié d'un délectable sandwich au pastrami, monsieur Trotski ? Il vient de chez Katz, le fameux – ou devrais-je dire l'infâme, au prix où ils vendent leurs sandwichs – deli casher au croisement des rues Houston et Ludlow. En tant que révolutionnaire pratiquant qui se trouve être un juif non pratiquant, vous n'avez rien contre la nourriture casher, si ?

— Je mange aussi casher », répondis-je.

Asher Zylberstein rit sous cape. « Vous me plaisez, dit-il. Un juif non pratiquant qui mange aussi casher est quelqu'un aux deux pieds bien plantés dans le monde réel. » Il déplia un canif à manche de nacre, coupa soigneusement le sandwich en deux et m'en offrit une moitié. Ayant quitté en trombe l'appartement du Bronx sans prendre de petit déjeuner, j'étais affamé et je mordis dedans avec appétit. Asher Zylberstein mâchait la sienne et se passait la langue sur les dents – dont deux en or étincelant – pour les nettoyer entre deux bouchées. Je ne pus m'empêcher de remarquer qu'il y avait des noms écrits à l'encre sur une de ses paumes. Il remarqua que je le remarquais. « Je n'oublie jamais un visage, monsieur Trotski, mais comme je ne suis plus de la première jeunesse, j'ai du mal à me rappeler les noms qui vont avec les visages. Les noms de mon personnel, de mes collaborateurs, même ceux de mes sept petits-enfants, autrefois logés dans ma mémoire, ont migré sur le bout de ma langue, où ils semblent coincés.

— Vous ne vous habillez pas comme quelqu'un qui a un chauffeur, dis-je, parlant la bouche pleine.

— J'ai une limousine pour aller avec le chauffeur, mon garçon. Une Hudson Super Six, qui passe – accrochez-vous bien, monsieur Trotski – de zéro à quatre-vingt-dix kilomètres par heure en moins d'une minute. Dieu du ciel, si je savais conduire une de ces Hudson je-ne-sais-quoi, je vous parie votre dernier dollar que c'est moi qui trimballerais mon chauffeur et pas l'inverse.

— Il n'est jamais trop tard pour apprendre.

— Il paraît qu'on n'apprend pas à un vieux singe à faire la grimace », fit-il observer avec nostalgie.

Une jeune femme passa devant nous, se hâtant vers Waverly Place, le bas de sa jupe rouge vif lui frôlant les chevilles. Asher Zylberstein l'observa, puis secoua tristement la tête comme s'il regrettait sa jeunesse perdue. « Qu'est-ce que je disais ? s'enquit-il.

— Rien d'intéressant. »

Il lâcha un petit rire mordant. « Vous êtes un homme comme je les aime, monsieur Trotski, d'une franchise presque excessive. Cartes sur table, disent les Américains. »

Je sentis l'haleine brûlante de Litzky à mon oreille. *Assure-toi de garder tes foutues cartes loin de la foutue table, Bronstein.*

« Je suis, et ce depuis d'innombrables décennies, un sioniste convaincu, disait Zylberstein. Êtes-vous familier du mouvement sioniste, monsieur Trotski ?

— Je me souviens de mon père lisant à voix haute une brochure trouvée dans notre boîte aux lettres. Elle était signée par Herzl, ce journaliste autrichien, et expliquait son projet de convaincre la population juive des shtetls de la Zone de résidence d'émigrer en Palestine.

— Émigrer en Palestine et recréer une patrie juive dans l'Israël biblique.

— Mon père jugeait que c'était un projet loufoque. Je ne peux pas dire que j'étais en désaccord avec lui à l'époque. Pas plus que maintenant. Si vous avez pris contact avec moi parce que vous estimez qu'étant juif je considère le sionisme comme la solution pour les juifs russes...

— J'ai pris contact avec vous parce que, avec le temps, j'en suis venu à croire moi aussi que la création d'une patrie juive en Palestine est, comme vous dites, un projet loufoque. Dans un monde idéal, ce serait la solution idéale. Des gens à nous essaient de persuader Balfour, le ministre des Affaires étrangères britannique, de publier une déclaration officielle disant en substance que la Grande-Bretagne verrait favorablement l'établissement d'un foyer juif dans la

Palestine ottomane, mais même avec une telle déclaration j'ai peu d'espoir que ça advienne de mon vivant. Et, dans l'hypothèse où l'on réussirait à convaincre les Britanniques de l'autoriser, expliquez-moi, je vous prie, comment une poignée de juifs pourraient surnager au milieu d'une mer d'Arabes. »

Zylberstein sortit de la poche de son duffle-coat un petit paquet enveloppé dans du journal et retenu par des élastiques, qu'il posa sur le banc entre nous. « Ce n'est pas un autre sandwich au pastrami, dit-il en pouffant. Il y a là mille dollars américains, en billets de cinquante – largement de quoi couvrir votre voyage de retour en Russie. »

Ma surprise dut se lire sur mon visage. « Pourquoi ?

— Comme moi, vous êtes israélite, mon cher Bronstein.

— Vous connaissez mon nom ?

— J'ai des amis à Washington qui m'ont donné accès à une copie du dossier du Bureau des investigations concernant un certain Lev Bronstein, aussi connu sous le nom de Léon Trotski. Plusieurs informateurs du Bureau sont convaincus que vous êtes un anarchiste, d'autres suggèrent que vous êtes un menchevik. Vos collègues de *Novy Mir* semblent persuadés que vous avez élu domicile dans le camp de Lénine et que vous vous définissez comme bolchevik. La seule chose sur laquelle ils s'accordent, c'est que vous êtes russe et un révolutionnaire pur et dur.

— Qu'attendez-vous exactement de moi, monsieur Zylberstein ?

— J'attends que vous rejoigniez les autres bolcheviks rentrant à Petrograd maintenant que vous avez de quoi payer la traversée. Il paraît que Joseph Staline, le pilleur de banque géorgien qui a fourni des valises pleines de roubles à M. Lénine, est en route depuis une prison sibérienne. Votre Vladimir Lénine se prépare à traverser l'Allemagne, direction Petrograd, dans un wagon plombé ; comme il a l'intention de sortir la Russie de la guerre, on peut raisonnablement supposer que le Kaiser sera trop heureux de lui faire grâce du billet de train et d'accélérer son retour.

— Pourquoi un magnat de l'aluminium de nationalité américaine, propriétaire d'une Hudson Super Six conduite par un chauffeur, veut-il financer mon retour en Russie ?

— C'est une longue histoire. Vous êtes sûr de vouloir l'entendre ? »

J'avalai la fin de mon pastrami. « Mille dollars américains achètent mon attention pleine et entière, l'assurai-je.

— Bien sûr. » Il rassembla ses pensées. « Par où commencer ? L'un de mes biens les plus précieux est une bible hébraïque imprimée à Vilna en 1879. Sur la deuxième page de couverture se trouve une prière écrite de la main de mon grand-père. Dans cette prière, les juifs implorent Dieu de veiller sur la santé du tsar Alexandre Nikolaïevitch, de sa femme, Maria

Alexandrovna, et de leur fils, le prince héritier Alexandre Alexandrovitch. La prière de mon grand-père, cher Trotski, n'a pas été exaucée : Alexandre Nikolaïevitch, plus connu sous le nom d'Alexandre II, a été assassiné deux ans plus tard. Après son assassinat, les pogroms antisémites se sont déchaînés en Russie quand les tsaristes *farshtunken* ont répandu l'ignoble rumeur selon laquelle l'attaque terroriste avait été commanditée par des juifs. Avez-vous entendu parler de Constantin Pobiedonostsev, le conseiller du tsar ? Ah, ça, c'est un nom qui n'est pas resté coincé sur le bout de ma langue ! Sa formule pour résoudre le prétendu problème juif en Russie était célèbre : "Un tiers de conversion, un tiers d'émigration, un tiers de famine." »

Le nom Pobiedonostsev me rappelait de sombres souvenirs. « Quand mon père rentrait de notre porcherie, racontai-je, il s'essuyait les pieds sur un paillasson artisanal à l'effigie de Pobiedonostsev.

— Voilà. Dans mon grand âge, j'ai développé – vous ne m'en voudrez pas d'emprunter votre expression – ma propre idée loufoque : que les bolcheviks de M. Lénine – inspirés par Karl Marx, petit-fils de rabbin et descendant de savants talmudistes ; inspirés par vous, Lev Bronstein, juif non pratiquant qui mange aussi casher ; inspiré par votre Vladimir Lénine en personne, qui par son arrière-grand-mère maternelle aurait, dit-on, du sang juif dans ses veines bolcheviques –, que les bolcheviks de M. Lénine, donc, constituent la dernière et meilleure chance d'en finir avec l'antisémitisme en Russie. »

Merde, Bronstein, à cheval donné on ne regarde pas les dents – prends le fric avant qu'il change d'avis.

Litzky avait raison, bien sûr. Je glissai la liasse de billets de cinquante dollars dans la poche de mon manteau en peau de phoque. « Si on réussit à prendre le pouvoir en Russie, dis-je, nous, bolcheviks, établirons une dictature du prolétariat, qui, à son tour, monsieur Zylberstein, asphyxiera l'antisémitisme. Une fois les ouvriers et paysans libérés du joug tsariste et de l'exploitation capitaliste, l'antisémitisme et les distinctions de classe qui minent la société russe disparaîtront. L'ancien Kremlin du tsar deviendra la Kaaba du communisme international.

— Des mots courageux, monsieur Trotski. Puisse Hashem les entendre.

— Si nous donnons aux juifs russes une raison de rester en Russie au lieu de prendre le risque d'émigrer sur une bande de terre peuplée de gens qui ne les accueilleront pas à bras ouverts, tout le monde en sortira gagnant. » Je regardai mon bienfaiteur, à court de mots. « Je ne sais pas comment vous remercier… finis-je par lâcher.

— Je n'attends pas de remerciements, mon garçon, j'attends la révolution qui bénéficiera aux juifs. » Il hésita. « Vous, qui êtes russe et otage de vos Tolstoï et Dostoïevski, n'êtes sûrement pas familier de la dernière pièce de Shakespeare, *La Tempête.*

Dans la dernière réplique de la dernière scène de la pièce, on demande à Prospero s'il pense à la mort. "Une pensée sur trois", répond-il. C'est là où j'en suis, mon cher Trotski. Vous avez quoi – trente-cinq ans ?

— Trente-huit.

— À trente-huit ans, monsieur Trotski, on frappe à la porte de la vie. Je suis un vieux monsieur frappant à la porte de la mort. Apporter ma pierre à la révolution en Russie afin de sauver les juifs, c'est l'œuvre de ma vie réduite à un seul geste désespéré. » Il se leva. Je fis de même. « J'aimerais vous poser une question personnelle.

— Posez, posez.

— Il est de notoriété publique, vous n'en avez pas fait mystère, que vous espériez déclencher une révolution prolétarienne ici dans le Nouveau Monde. Renoncer à l'Amérique… la pilule doit être amère pour vous, non ? »

Parle-lui des foutus bouleaux, susurra Litzky dans ma tête.

Je m'éclaircis la gorge sans nécessité, un tic nerveux qui me prend lorsque la conversation s'égare dans les sables mouvants de l'intimité. « Dans la ferme de mon père en Ukraine, expliquai-je, je me réveillais tous les matins au lever du soleil et regardais les bouleaux desquamés par l'étroite fenêtre pour voir dans quel sens soufflait le vent et avec quelle force.

Ici, à New York, j'ai examiné les visages sombres des ouvriers entassés dans le métro aérien pour voir dans quel sens soufflait le vent politique et avec quelle force. J'en ai retiré la sensation désagréable que l'Amérique est encalminée – il y a peu d'appétit pour des changements en profondeur, encore moins pour la révolution. Les travailleurs et leurs syndicalistes ne s'intéressent pas à la solution ultime, la possession des moyens de production, la direction des usines, le partage des profits – ils consacrent leurs heures de veille à se battre pour une part plus juteuse du gâteau capitaliste. En bref, mes appels à la révolution tombent dans les oreilles de sourds. Cependant…

— Poursuivez, monsieur Trotski. Cependant ?

— J'allais dire que si nous, bolcheviks, réussissons à entraîner les ouvriers russes dans la révolution, le feu se propagera inévitablement au prolétariat en Allemagne, en Autriche, en France, en Grande-Bretagne. Et pourquoi pas ici, en Amérique ? Je suis convaincu que seul le triomphe du prolétariat en Occident pourra protéger notre révolution russe d'une contre-révolution bourgeoise.

— Hum… Intéressant. J'ai lu votre livre *Bilan et perspectives* – si je ne me trompe pas, je reconnais là votre concept de révolution permanente.

— Vous ne vous trompez pas.

— Une autre question personnelle, monsieur Trotski, si vous le permettez. Si, pour une raison ou pour une autre, vous n'aviez pu être un révolutionnaire professionnel, je suis curieux de savoir quel aurait été votre deuxième choix. »

La curiosité est un vilain défaut, me rappela Litzky. *Même si je dois admettre que la question me titille.*

« Comme un serpent qui mue et se présente au monde sous une nouvelle apparence, expliquai-je, j'ai endossé de nombreuses peaux dans ma vie – valet de ferme sur les terres de mon père en Ukraine, élève à la Realschule d'Odessa, organisateur syndical marxiste, taulard sibérien, correspondant de guerre dans les Balkans, menchevik anti-Lénine, bolchevik pro-Lénine, pour n'en citer que quelques-unes. Je me dépouillais de ces peaux sans regret quand je sentais qu'il était temps d'avancer et de devenir quelqu'un d'autre. Avec le recul, monsieur Zylberstein, je soupçonne que la peau dans laquelle je me suis senti le plus à l'aise était la première. Vous allez rire, mais quand j'étais adolescent dans la ferme de mon père, j'avais une certaine affection pour les cochons. Si je ne pouvais pas faire la révolution, je crois que ça ne me déplairait pas de diriger une ferme porcine.

— Eh bien, en tant que juif occasionnellement pratiquant qui, comme vous, mange aussi casher, je me réjouis que vous préfériez la révolution à l'élevage des cochons », commenta Zylberstein d'un ton sarcastique. Il consulta la montre à son poignet squelettique. « Oh là là, je crains de devoir vous laisser. »

Ne reste pas là bouche bée, Bronstein. Ce type vient de te donner un billet de retour pour la Russie. La moindre des choses est de lui serrer la main, bon sang.

Nous nous serrâmes la main. « Merci pour le sandwich au pastrami hors de prix », dis-je.

Cela le fit rire. « J'en ai mangé la moitié. »

17

Maintenant que le tsar n'est plus tsar...

Assis à notre minuscule table de cuisine de Vyse Avenue, dans le Bronx, sous la faible lumière de l'ampoule électrique qui donnait à notre peau un aspect cireux, je racontai ma rencontre avec ce Zylberstein à Nata dans un murmure, afin de ne pas réveiller les garçons endormis dans la pièce à côté. Elle secoua la tête, perplexe, puis retira les élastiques de la liasse et, après avoir humidifié son pouce, compta soigneusement les billets de cinquante dollars neufs et craquants. Je compris qu'elle avait besoin de les compter pour se convaincre que je n'inventais pas l'histoire du magnat de l'aluminium. « Le navire s'arrêtera pour faire le plein de carburant à Halifax, en Nouvelle-Écosse, dis-je. Comme c'est un port britannique, il nous faudra des visas. Je m'en occuperai demain matin.

— Mais les Britanniques te donneront-ils des visas ?

— Nous sommes des citoyens russes en possession de passeports russes valides et rentrant dans notre pays natal. Comment peuvent-ils refuser ?

— Même avec des visas, te laisseront-ils poursuivre le voyage ?

— Je doute que les autorités britanniques locales d'un trou perdu comme Halifax sachent qui est Léon Trotski. »

Derrière nous, la porte de la cuisine s'ouvrit tout doucement. Liova, notre fils aîné, apparut sur le seuil, serrant dans sa main la ceinture élastique de son pyjama pour l'empêcher de tomber sur ses pieds nus. « J'arrive pas à dormir », dit-il d'une voix ensommeillée.

Nata remplit un verre d'eau au robinet et le lui tendit, mais il secoua la tête. « J'ai pas soif. J'ai peur.

— Peur de quoi ? demandai-je.

— Sergueï et moi, on n'est pas idiots. Maintenant que le tsar n'est plus tsar, on sait que vous allez repartir en Russie.

— C'est un problème ? m'enquis-je.

— Vous allez nous emmener avec vous ? »

Nata éclata de rire. « Bien sûr qu'on va vous emmener avec nous ! s'exclama-t-elle. Jamais nous n'irions où que ce soit sans nos fils. Où que nous allions, vous viendrez aussi. »

Liova avait pourtant encore l'air inquiet. « Quand on est arrivés à New York, vous nous avez dit qu'on serait des Russes en Amérique. En allant à l'école ici dans le Bronx pendant toutes ces semaines, on s'est habitués à l'Amérique. J'ai plein de mots américains coincés dans la tête. Est-ce qu'on va nous laisser rentrer en Russie, Sergueï et moi, si on est un petit peu américains ? Est-ce qu'on sera des Américains en Russie ? »

Je pris mon fils aîné sur mes genoux. « Vous serez des Russes en Russie, Liova chéri, lui dis-je. Comme ta mère, comme moi, tu seras russe jusqu'à la moelle de tes os de onze ans où que tu te trouves. »

Il parut soulagé. « Ça veut dire que je peux me dispenser de faire mes devoirs ? demanda-t-il avec sérieux. Si je ne suis plus là, comment je pourrais les rendre ? »

Le regard de Nata et le mien se croisèrent, et nous fîmes de notre mieux pour garder notre sérieux. « Oui, c'est d'accord, pour cette fois, tu es dispensé de devoirs », lui dis-je.

18

Trotski et Lénine vont réparer la Russie…

Après le blizzard de la nuit et le grésil qui s'étaient transformés en pluie à l'aube, une épaisse couche de gadoue recouvrait les rues presque désertes de Manhattan. Mais ni mes bottes trempées ni les fuites qui avaient causé des courts-circuits dans les stations de métro, où les passagers, dont je faisais partie, se massaient sur des quais mal éclairés dans l'attente de rames retardées, ne réussirent à doucher mon enthousiasme : le tsar était au chômage et les Bronstein allaient retrouver mère Russie ! Parti en quête de visas britanniques, je finis par arriver devant le gratte-ciel massif du 44 Whitehall Street, dans le sud de l'île de Manhattan, pour découvrir que les ascenseurs desservant le labyrinthe de bureaux étaient hors service – un concierge parla d'une inondation au sous-sol. Pas découragé, je gravis les neuf étages jusqu'au consulat de Grande-Bretagne et pris place dans la queue qui serpentait jusque dans le couloir. Je comptai : j'étais dix-huitième dans la file des Russes venus chercher les visas nécessaires pour l'escale de ravitaillement dans le port britannique de Halifax, en Nouvelle-Écosse. « Je vous reconnais, me dit la femme juste devant moi. Vous êtes Léon Trotski. Je suis allée vous écouter à la Cooper Union. » La femme me fit signe de passer devant elle. « Camarades, s'écria-t-elle. Léon Trotski fait la queue pour un visa britannique. »

L'information se répandit tout le long de la file.

« C'est lui, Léon Trotski !

— Trotski en chair et en os !

— Il fait plus jeune que sur la photo dans le journal.

— Il a surtout l'air plus heureux que sur la photo dans le journal.

— Plus heureux qu'une palourde à marée haute, acquiesça une jeune mère, berçant un bébé sous son châle.

— N'importe quel Russe serait heureux de célébrer la fin de trois siècles de domination des Romanov, avança un homme coiffé d'un *loovus* mongol en feutre.

— Laissez passer Trotski, camarades, dit un vieil homme sur des béquilles. Vladimir Lénine et lui vont réparer la Russie. »

Un par un, les Russes qui attendaient me firent signe d'avancer jusqu'à ce que je franchisse la porte du consulat et me retrouve devant l'unique bureau où étaient délivrés les visas. « Passeport », récita l'employé, vêtu d'une chemise amidonnée à col cassé, sans lever les yeux de sa collection de tampons. Il ajusta ses lunettes et jeta un coup d'œil aux quatre documents officiels que je posai sur le bureau. « Bron-*stein*, Lev, dit-il, relevant enfin la tête tout en accentuant la dernière syllabe de mon nom de famille. Objet de votre voyage à Halifax ?

— Ma famille et moi rentrons en Russie, répondis-je. La compagnie maritime m'a appris que le *Kristianiafjord* devait faire escale à Halifax pour remplir ses réservoirs avant la traversée de l'Atlantique. Halifax étant un port britannique…

— Le bâtiment s'arrête à Halifax pour que nos autorités locales sur place puissent fouiller les passagers et mettre la main sur des marchandises de contrebande. Comptez-vous rapporter des articles de contrebande en Russie, monsieur… » Il baissa les yeux sur mon passeport. « … monsieur Bron-*stein* ?

— Nous n'aurons avec nous que mon sac de l'armée serbe et deux valises remplies de vêtements, lui dis-je.

— Pas d'armes pour l'insurrection que les ennemis du tsar espèrent provoquer ? »

Holà, mon vieux Bronstein, pour une fois dans ta vie, résiste au plaisir primitif de contrarier un laquais du gouvernement, aboya Litzky dans mon oreille interne.

Mais je ne pus résister. « Pas d'armes, répliquai-je, à moins que vous ne considériez que le *Manifeste du parti communiste* de Marx en soit une. » Regardant mon interlocuteur droit dans les yeux, je lui servis la célèbre citation de Marx : « Les prolétaires n'ont rien à perdre que leurs chaînes. »

Cinq ou six Russes, à portée d'oreilles, applaudirent. La bouche du gratte-papier britannique se tordit en un rictus. « Comment vous êtes-vous procuré les trois cent vingt dollars des billets de seconde classe, monsieur… » Il jeta un nouveau coup d'œil à mon passeport. « … Bron-*stein* ?

— J'ai économisé pour les jours de pluie. Au cas où vous ne l'auriez pas remarqué, il pleut aujourd'hui.

— Un petit malin, hein ? »

Je crus voir l'employé adresser un hochement de tête imperceptible à quelqu'un qui se trouvait sur la passerelle surplombant la salle. Je me tournai en levant la tête et j'aperçus le gentleman à la coupe militaire et aux longs favoris bordant ses joues empourprées. Découragé, je craignis le pire : un mot de sir William Wiseman, chef du renseignement britannique à New York, et je ne mettrais jamais les pieds sur le vapeur norvégien, encore moins à Petrograd. Vous imaginez mon soulagement quand je vis l'employé souffler sur son tampon officiel en caoutchouc, puis le plaquer à côté de l'aigle impérial gaufré sur chacun de nos passeports, avant d'ajouter la date et sa signature.

« Merci, merci, marmonnai-je.

— Si ça ne tenait qu'à moi… » Il ne finit pas sa phrase.

Mon cœur manqua un battement, comme on dit, et j'eus la pénible sensation que le gentleman aux favoris ne me souhaitait pas un bon voyage lorsqu'il avait décidé de me laisser quitter New York pour la Nouvelle-Écosse. Quoi qu'il en soit, j'allais bientôt être en chemin vers mère Russie et c'était un motif de réjouissance. Après avoir récupéré nos passeports, je me dirigeai vers la porte et serrai la main de tous les Russes qui m'avaient fait passer en tête de file. La femme qui avait été la première à me reconnaître me saisit le coude au passage. « Bonne chance, Léon Trotski, me dit-elle. L'histoire russe ne sera pas la même si elle est écrite par vous et vos camarades bolcheviques. »

19

Je ferai ma révolution sans conscience…

Dès l'instant où je m'étais regardé dans le miroir craquelé de mon père et où j'avais repéré pour la première fois l'ombre d'une barbe hérissée sur mon menton de seize ans et demi, j'avais pris un soin méticuleux à me raser, qu'il pleuve ou qu'il vente – c'est un rituel quotidien qui apaise mon âme autant qu'il lisse mon menton. Même dans la colonie pénitentiaire du tsar en Sibérie, où le savon était une curiosité, j'avais réussi à troquer vingt roubles et mes deux volumes des œuvres complètes de Pouchkine contre un rasoir à main et un petit bol en bois de crème à raser chinoise. Mais ici, à New York, dans l'excitation des préparatifs du retour en Russie, entre les bagages de la famille à boucler, les visas à décrocher au consulat britannique, la traversée à organiser, je n'avais pas eu une minute pour avaler un vrai repas, encore moins pour me raser, ce qui expliquait le masque de barbe de trois jours sur mon visage. Pour ne rien arranger, je n'avais pas eu le temps non plus d'aller me faire couper les cheveux, bien que j'en aie grand besoin. Je ressemblais donc plus à un de ces hobos américains abandonnés entre deux trains de marchandises qu'à un aspirant révolutionnaire russe lorsque j'arrivai au titanesque Harlem River Casino, sur la 127e Rue, pour la fête d'adieu que mon jeune ami communiste Lou Fraina et ses camarades avaient organisée. Des centaines de socialistes trempés par la pluie, empestant la laine mouillée et le camphre, dansant par dizaines le turkey-trot de Fred au son d'une musique assourdissante jouée par un quintette sur scène, s'entassaient dans l'immense salle décorée de gigantesques bannières écarlates. « Venez que je vous présente Emma Goldman, l'anarchiste dont les opinions sur l'amour libre ont fait rougir l'Amérique », cria Lou par-dessus le vacarme, m'entraînant vers une des tables à tréteaux dressées au pied de la scène. « Elle sort tout juste d'un séjour à la prison de Blackwell Island. Emma, Emma, dites bonjour à Léon Trotski, le bolchevik qui a grand espoir de renverser le gouvernement provisoire post-tsariste et d'installer au pouvoir le camarade Lénine à Petrograd. »

Une belle femme d'une petite cinquantaine d'années ajusta son monocle et m'examina. « Avec tout ce tintamarre qu'ils nomment musique, je n'ai pas saisi votre nom, cria-t-elle.

— Trotski, Léon, m'égosillai-je en retour.

— Ah, notre invité d'honneur ! Vous êtes estimé dans certains cercles et défavorablement connu dans d'autres, hurla-t-elle. Une coupe de cheveux ne vous ferait pas de mal. » Elle agita la main en direction des cinq musiciens qui balançaient leur bruit au-dessus de nos têtes. « Étant russe, j'imagine que vous ne connaissez pas l'auteur américain Mark Twain. Il aurait déclaré que la musique de Wagner était meilleure qu'il n'y paraissait à l'oreille. Hélas, on ne peut en dire autant de ces messieurs tapageurs. »

Un groupe, à une extrémité de la salle, se mit à agiter des petits drapeaux rouges en entonnant *La Marseillaise.* L'instant d'après, des centaines de gens chantaient en chœur, noyant le turkey-trot. « Je ne suis capable de reconnaître que deux airs, confiai-je à miss Goldman. L'un est *La Marseillaise.* L'autre ne l'est pas. » Elle me récompensa d'un éclat de rire. Au-dessus de nous, sur la scène, les cinq musiciens commencèrent à ranger leurs instruments. Emma Goldman se leva d'un bond et, m'attrapant le coude, m'attira plus près. « Je suis une athée pure et dure, avoua-t-elle, son visage si proche du mien que je perçus une bouffée de ce que je peux seulement décrire comme une absence de parfum. Mais je prie Dieu que les ouvriers américains s'inspirent de leurs camarades russes et envoient promener ces salauds de capitalistes. »

Tandis que *La Marseillaise* se terminait, Lou grimpa sur scène et prit le micro. « Camarades ! s'écria-t-il, sa voix retentissant dans les haut-parleurs installés tout autour de la salle. Nous sommes ici ce soir pour rendre hommage au grand révolutionnaire russe Léon Trotski et pour lui souhaiter un bon retour chez lui demain. L'histoire est en train de se faire. Écoutons celui qui la fait, L-é-o-n T-r-o-t-s-k-i ! »

Des acclamations débridées et des tambourinements résonnèrent jusque sur les chevrons du plafond de la grande salle. Emma Goldman me poussa vers les marches de l'estrade. « Mettez le feu ! » cria-t-elle à mon oreille. Je grimpai sur scène et plissai les yeux vers la mer de visages socialistes dont les vivats tintaient à mes tympans. Je réclamai le silence plusieurs fois en levant la main, mais ils continuèrent de m'ovationner et de taper des pieds jusqu'au moment où Lou s'approcha du micro. « Camarades, camarades, calmons-nous et écoutons-le », s'exclama-t-il. Le chahut s'évanouit petit à petit. Je me penchai vers le micro, mais avant que j'aie pu dire un mot, il couina comme une chatte en chaleur. La foule éclata de rire. Lou ajusta la hauteur du micro et se recula. Je réessayai. « Camarades, socialistes, communistes, ouvriers du monde, avant-garde du prolétariat », commençai-je. Scrutant l'auditoire, je repérai Fred, assise sur une table à tréteaux dans un coin de la salle, ses délicieux genoux croisés, sa jupe courte remontant sur ses cuisses, et j'ajoutai, regardant droit vers elle : « amis précieux ».

La foule se mit à psalmodier spontanément : « Trotski, Trot-ski, Trot-ski ! » Les lèvres de Fred formaient les deux syllabes de mon nom, tandis qu'elle applaudissait joyeusement. Je levai les paumes comme si je me soumettais à leur excitation, qui retomba graduellement pour laisser place à un calme oppressant. On aurait entendu une mouche voler. « Quand la révolution appelle, m'écriai-je, les révolutionnaires répondent. Le monde est notre patrie, camarades – nous vivons pour lui, nous nous battons pour lui et nous sommes prêts à mourir pour lui s'il le faut.

— Nous sommes prêts à tuer pour lui ! » hurla une femme. La foule acclama.

« Demain matin, j'embarque d'un quai de South Brooklyn sur un vapeur norvégien et je rentre en Russie pour renverser le gouvernement provisoire et mettre un terme à cette guerre sans merci qui dresse les ouvriers russes contre les ouvriers allemands. » Conscient que les centaines de socialistes présents étaient pendus à mes lèvres, je baissai la voix et poursuivis dans un murmure rauque : « Car cette prétendue guerre mondiale doit être vue pour ce qu'elle est : un affrontement entre impérialistes fauteurs de guerre, où les Morgan américains se battent contre les Bleichroeder allemands, qui se battent contre les Rothschild français, qui se battent eux-mêmes contre les Churchill anglais. » Soudain étourdi, je m'accrochai au micro pour garder mon équilibre. « Il n'y a qu'une guerre, camarades, c'est la lutte des classes. Il n'y a qu'un ennemi… » Enivré par ma propre voix, je la poussai dans les aigus pour lancer un cri du cœur : « … le capitalisme ! »

Un tonnerre d'applaudissements triomphal monta vers le plafond, et j'imaginai un instant que l'intensité de cette vague réussissait à soulever le toit du Harlem River Casino.

« Tu les as envoûtés ! s'exclama Fred lorsque j'eus rejoint sa table à tréteaux après m'être frayé un chemin à travers la horde, en serrant des mains à droite et à gauche. La foule mangeait dans ta paume en sueur. Harlem n'a jamais vu quelqu'un comme toi.

— Il faut qu'on parle, lui dis-je.

— Il faut qu'on baise, répliqua-t-elle. L'électricité doit être déchargée après un violent orage. » Elle rit en voyant l'expression sur mon visage. « Chez toi ou chez moi ? demanda-t-elle.

— N'importe où », répondis-je.

N'importe où se révéla être le studio d'un de ses anciens amants, au quatrième étage sans ascenseur d'une brownstone délabrée de la 123e Rue, presque à l'angle de la 2e Avenue, muni d'une improbable lucarne en vitrail représentant des serpents dans le jardin d'Éden. « Avant toute chose… annonça Fred en se déshabillant puis en lavant ses parties intimes au petit lavabo dans un coin de la pièce. À ton tour », dit-elle en me lançant le savon.

Plus tard, nous en vînmes à la conversation que je brûlais d'avoir avec elle. « Voilà, commençai-je. J'aimerais que tu viennes en Russie avec moi. »

Je remarquai son sourire mélancolique, puis elle se mit à se mordiller l'intérieur de la joue, manifestement à court de mots. « Tu es marié, réussit-elle enfin à répondre.

— La femme à laquelle je suis officiellement marié se trouve en Sibérie, lui rappelai-je.

— Je ne parlais pas de cette femme-là. Tu vis dans le Bronx avec ta compagne de longue date. Tu m'as dit un jour que le fait qu'elle soit la mère de tes deux fils constituait un lien plus fort que le mariage. Donc, de mon point de vue, tu es marié avec elle même si tu ne l'es pas.

— Natalia est au courant pour toi, dis-je.

— Tu lui as dit ?

— Pas comme ça. Mais oui, elle sait. Écoute, Fred, des dizaines de communistes rentreront en Russie avec nous. Tu ferais partie du groupe. Embarque sur le bateau demain, viens avec moi à Petrograd. Je te fournirai un appartement, je te trouverai un emploi dans notre bureau politique, je m'arrangerai pour que tu touches un salaire.

— Et de temps en temps tu passerais pour me sauter.

— Pour être avec toi. Pour faire l'amour avec toi. Plus que de temps en temps.

— Tu es un drôle d'oiseau, Léon. Même en oubliant un instant que je ne suis pas prête à jouer les seconds rôles, il se trouve que je ne suis pas une révolutionnaire. » S'asseyant sur le matelas qui s'enfonçait en son milieu, elle remonta le drap sous son menton. « Dis-moi une chose, Léon, qu'est-ce qui t'attire, chez moi ?

— Je te considère comme une âme sœur. J'aime que tu sois unique, le modèle original. J'aime ton caractère imprévisible – je ne sais jamais ce que tu vas dire. Je ne suis jamais sûr de ce que tu vas faire.

— Une âme sœur dans un corps de femme. »

Aïe, elle te tient par les couilles, Bronstein.

« Bon, je ne nie pas être attiré par ton physique, Fred. Il faudrait être aveugle pour ne pas l'être. Mais ce n'est pas un crime d'éprouver une attirance physique pour une âme sœur. Puisqu'on aborde le sujet, qu'est-ce que tu me trouves ?

— Ah ! Ton corps est acceptable, ton sexe circoncis exploitable, tu apprends vite – tu as compris l'idée de la réciprocité avant même que je te l'explique.

— C'est ça ? C'est tout ?

— En vérité, tu me fascines, Léon. Je peux comprendre qu'on soit prêt à mourir pour la cause en laquelle on croit – après tout, je suis la fille de mon père. »

Je sens le mais *arriver*, prédit Litzky.

« Mais… mais je ne comprends pas qu'on soit prêt à tuer pour une cause. » Je perçus le sanglot dans sa voix lorsqu'elle acheva sa pensée. « Tuer pour la cause, c'était la limite que mon père refusait de franchir, et ça lui a coûté la vie. Je suis ses traces. Et je mets la limite au même endroit que lui : j'avoue en pincer pour toi, Léon, mais pas pour la révolution en Russie. Je refuse catégoriquement de tuer pour elle.

— En russe, on dit *Konéts, vsémou délou venét* – la fin couronne l'œuvre. Tu mets une limite parce que tu n'as pas de cause, quelque chose auquel tu crois si profondément que la fin justifie tous les moyens, quels qu'ils soient.

— Je me méfie des causes, parce qu'elles sont si faciles à manipuler par les hommes – toujours les hommes – pour qui la fin est en général le pouvoir, la gloire ou la fortune.

— Tu es une cynique invétérée, ma chère Fred.

— Pas toi ? »

Litzky répéta la question : *Pas toi, Bronstein ?*

« Pas encore, répondis-je, m'adressant à la fois à Fred et à Litzky. Jamais, avec un peu de chance.

— Eh bien, j'espère sincèrement que tu parviendras à survivre à la révolution que tu projettes de déclencher.

— Déclencher une révolution est un jeu d'enfant. Y survivre peut se révéler compliqué. Écoute, que puis-je dire pour te faire changer d'avis et accepter de venir en Russie avec moi ? »

Le sourire lèvres serrées réapparut sur son visage soucieux. Elle secoua très légèrement la tête. « Rien.

— Il y a forcément... »

Elle me coupa la parole. « Rien », répéta-t-elle.

Litzky me fit sursauter en s'immisçant dans la conversation. *Bon, Bronstein : moi non plus, je ne rentre pas avec toi, et pour les mêmes raisons que Fred. Une conscience digne de ce nom doit poser des limites : elle ne peut cautionner qu'on tue pour la révolution.*

La voix grinçante dans ma tête envoya un frémissement d'inquiétude le long de ma colonne vertébrale. Et-et la loyauté de la con-conscience ? bégayai-je, mes pensées se bousculant dans mon cerveau. Tu-tu n'as pas-pas le droit de m-m-m'abandonner… après toutes ces années.

C'est toi qui m'abandonnes, Bronstein !

Va te faire foutre, Litzky. Je ferai ma révolution sans conscience, me dis-je.

Fred me contempla avec curiosité, lèvres pincées. « C'est drôle, Léon. Ce n'est pas la première fois que j'ai le sentiment désagréable – quand je regarde ton œil vagabond s'égarer – que tu as une conversation avec quelqu'un d'autre que moi.

— C'est souvent le cas, avouai-je.

— À qui parles-tu ? s'enquit-elle.

— À ma conscience.

— Je suis soulagée d'apprendre que tu en as une. Je ne te vois pas organisant une révolution sans conscience.

— J'en avais une. Il semblerait que je n'en aie plus.

— Oh, pauvre orphelin ! s'écria Fred. Comment te débrouilleras-tu sans conscience ? »

Le mardi 27 mars 1917, à la première heure, dix semaines et deux jours après avoir posé le pied dans le Nouveau Monde, je téléphonai à Henry Feuer dans son magasin du Bronx. « C'est moi, Léon Trotski, monsieur Feuer. Vous devez passer récupérer vos meubles. Aujourd'hui, je rentre chez moi. »

20

J'ai vu l'avenir et ça marche…

Si, comme mon père me l'avait dit un jour, les arrivées ouvrent des chapitres, les départs, souvent hantés par l'ombre d'un regret, doivent certainement les clore.

Mon copain Lou Fraina s'était arrangé pour qu'un ami d'ami nous conduise dans sa Pierce-Arrow vert olive jusqu'aux docks de South Brooklyn, où mon chapitre new-yorkais se refermerait avec l'appareillage du *Kristianiafjord* en milieu de matinée. Il bruinait, et une mer de parapluies noirs nous accueillit lorsque nous approchâmes du quai. De loin, on aurait dit la foule des endeuillés à un enterrement. Des banderoles rouges détrempées ployaient entre les lampadaires, et les deux cheminées du navire qui nous emmènerait en Norvège (nous comptions poursuivre le voyage en train jusqu'à Petrograd) crachaient de la fumée noire dans le ciel couvert de New York, dissimulant Manhattan au loin. Des visages mouillés apparurent sous les parapluies et une acclamation humide s'éleva quand le comité d'accueil m'aperçut. Agacé, je remontai le col de mon manteau en peau de phoque pour me protéger du froid matinal et j'interpellai Lou, qui aidait Nata à sortir mon sac en toile et nos deux valises du coffre de la Pierce-Arrow : « Qui a eu cette brillante idée ?

— La plupart de ces camarades étaient au River Casino hier soir. Ils vous ont entendu dire que vous partiez d'un quai de South Brooklyn. » Lou haussa les épaules. « Ce n'est pas ma faute s'ils veulent dire au revoir à Trotski. » Il me tendit une enveloppe brune remplie de ce que les Américains appelaient des *greenbacks*. « C'est l'argent qu'on a collecté hier soir en faisant passer le chapeau, expliqua-t-il. Il y a trois cent vingt-huit dollars dedans. » Je commençai par refuser, mais il écarta ma main. « Dépensez-le pour la révolution », dit-il dans un rire.

Avant que j'aie pu protester, plusieurs hommes en vareuse bleue de débardeur me hissèrent sur leurs épaules et me déposèrent sur une énorme caisse d'emballage en bois. Croyant qu'on me kidnappait, Sergueï se mit à hurler – jusqu'à ce que sa mère lui explique qu'on avait placé son père sur la caisse pour mieux l'entendre parler. « Gratifiez-nous de quelques pensées d'adieu », me cria Lou. Les journalistes présents dans la foule sortirent de petits calepins de leurs poches.

« Je vais vous livrer une anecdote qui explique pourquoi des masses de femmes à Petrograd, risquant leurs vies en manifestant pour réclamer la paix, la terre et du pain, ont obligé le tsar Nicolas à abdiquer, commençai-je. Ce souverain despotique, dernier de la dynastie corrompue des Romanov vieille de trois siècles, ne fut pas seulement un tyran sanguinaire, mais aussi un grossier fils de pute. On raconte qu'il daigna visiter l'Ermitage – le magnifique musée, voisin du palais d'Hiver, qui abritait la collection d'art de la Grande Catherine – un dimanche où l'établissement était fermé. Le directeur supposait que le tsar voudrait faire le tour du musée pour voir les célèbres tableaux. Mais Nicolas posa son royal derrière dans un fauteuil en forme de trône et ordonna qu'on apporte les peintures pour les lui montrer une par une. Le tsar n'a pas visité le musée, mes amis, c'est le musée qui a rendu visite au tsar ! Les Grecs ont un mot pour ça : *hubris*. Ce que l'on définit très justement comme l'arrogance qui précède la ruine. »

J'entendis quelques applaudissements épars. « Sacrée histoire », me lança Lou, encourageant.

« Camarades, poursuivis-je, je suis sur le point d'entamer la première étape de mon voyage de retour à Petrograd, où je rejoindrai Vladimir Lénine et nos camarades bolcheviques pour remiser les Romanov et le gouvernement provisoire post-tsariste dans la poubelle de l'histoire. Avec de la chance, nous mettrons un terme à la guerre brutale qui précipite les ouvriers russes sur les baïonnettes des ouvriers allemands. » J'agitai la main pour faire cesser les acclamations et j'élevai la voix en m'écriant : « J'ai vu l'avenir, camarades, et je peux vous le dire : ça marche !

— Monsieur Trotski, beugla un journaliste pour attirer mon attention. Ryback, de la *New York Tribune*. D'après la rumeur, vous avez été arrêté à New York.

— Je n'ai jamais été arrêté. J'ai été interrogé pendant trois longues journées à propos des projets de Lénine s'il prenait le pouvoir en Russie, ou plutôt quand il le prendrait. J'ai révélé un secret d'État à votre Bureau des investigations : la première mesure du camarade Lénine visera à simplifier l'alphabet russe afin de le rendre plus accessible aux paysans à ce jour illettrés.

— Povich, de l'*Evening World*, cria une journaliste. Il est prévu que votre bateau fasse escale à Halifax, qui est un port britannique, comme vous le savez. La presse londonienne prétend que vous représentez un plus grand danger que le Kaiser pour les intérêts britanniques. Vous espérez sérieusement que les autorités britanniques vous laisseront poursuivre votre voyage de retour jusqu'en Russie ?

— Je possède un visa britannique en règle et un passeport russe en règle. Ils ne peuvent pas me retenir. »

Un visage familier se matérialisa sous un des parapluies noirs dans la foule. Avec ce que je ne peux décrire que comme un pincement au cœur, je reconnus immédiatement le sourire aux lèvres serrées de

Fred. « Fédora, du *Brooklyn Daily Eagle*, monsieur Trotski, lança-t-elle. Depuis votre évasion d'une prison sibérienne, il y a dix ans, vous avez vécu en exil à Londres, à Vienne, à Genève, à Paris et, jusqu'à aujourd'hui, ici à New York. Pouvez-vous nous dire laquelle de ces villes vous avez préférée ? »

Je jetai un coup d'œil à Nata, mais Dieu merci, elle était accroupie et parlait aux garçons. « Chacune dans son genre était inoubliable, répondis-je. Il serait difficile de... New York ! Sans aucun doute, New York. Je me rappellerai les dix semaines et deux jours que j'ai passés ici jusqu'à l'heure de ma mort. »

Je remarquai que Lou Fraina écrasait une larme pendant qu'il me tendait la main pour m'aider à redescendre de la caisse. « Ah, Lou, *dolguié provody, lichnyé sliozy* – à longs adieux, larmes supplémentaires !

— Ce n'est pas une larme, Léon. C'est une goutte de pluie. »

Je posai la main sur son épaule. « Au temps pour moi. »

Il hocha la tête une fois, puis plusieurs, dans l'incapacité de mettre des mots sur son chagrin.

Les applaudissements – ainsi que les « *da svidania* ! » les « *auf Wiedersehen* ! » et les « au revoir ! » – résonnaient encore dans mes oreilles pendant que Nata, les garçons et moi, chargés de nos bagages, franchissions la passerelle pour monter à bord du

Kristianiafjord. « Ils applaudissent parce qu'ils sont contents qu'on s'en aille ? demanda Sergueï à sa mère.

— Ils applaudissent parce que ton père rentre en Russie pour réparer le pays », lui dit-elle.

Un officier de marine aux épaules galonnées tamponna nos billets et un matelot aux cheveux attachés en queue-de-cheval nous guida sous le pont jusqu'à la cabine de deuxième classe que nous partagions tous les quatre. Nous sentîmes le sol bouger sous nos pieds quand le *Kristianiafjord* commença à s'écarter du quai, dans l'East River. J'emmenai Nata et les garçons dans le salon des deuxièmes classes sur le pont principal afin que nous puissions regarder le bateau passer devant la statue de la Liberté.

« Oh, s'écria Sergueï, tout excité, le nez collé au hublot mouillé de pluie. Je me souviens d'elle, c'est Lady Liberty !

— Tu l'as appelée d'un autre nom, dit Liova. Tu as dit que c'était un cheval.

— Un cheval de Troie, dit Nata en riant. Votre père pense que le cadeau de la France à l'Amérique était un cheval de Troie.

— Qu'est-ce que ça a de spécial, un cheval de Troie, par rapport à un cheval normal ? demanda Liova.

— Le cheval de Troie, c'était une statue de cheval en bois creuse, à l'intérieur de laquelle des soldats grecs s'étaient cachés pour détruire la ville de Troie, expliquai-je.

— Lady Liberty aussi est creuse ? s'enquit Liova. Il y a des soldats français cachés à l'intérieur pour détruire New York ? »

Nata plaqua sa paume sur sa bouche pour refouler un rire. « Pas que je sache », répondis-je, retenant un sourire.

Une fois que nous eûmes passé the Narrows et que Staten Island ne fut plus qu'une tache à l'horizon derrière nous, la mer grossit, se couvrit de moutons et le *Kristianiafjord* se mit à tanguer en fendant les flots. Les vents glacés et les embruns salés nous empêchaient d'aller sur le pont. Piochant dans l'enveloppe brune de Lou, je pris un billet pour acheter des verres de citronnade et des sandwichs à Sergueï et Liova, des beignets et des tasses de café à Nata et moi. Le serveur disposa une nappe blanche sur la table et l'aspergea d'eau, avant d'y poser nos boissons. S'agrippant aux colonnes et aux tables pour garder son équilibre, un gentleman âgé portant d'impressionnantes moustaches et un bouc taillé avec soin s'approcha de notre table. Il toussa dans son poing pour attirer mon attention. « Excusez-moi, dit-il, mais j'étais sous un des parapluies sur le quai et je vous ai entendu parler. Vous permettez ? » Sans attendre ma réponse, il approcha une chaise. « Je me présente. Je suis Joseph Lincoln Steffens, journaliste au *New York Evening Post*... »

Je le coupai net. « Désolé, monsieur Steffens, mais je ne donne pas d'interview. »

Il gratta ses moustaches. « Je ne cherche pas une interview, monsieur Trotski. Plutôt une conversation avec l'homme qui a dirigé le premier soviet russe en 1905. »

Je crus reconnaître le nom du gentleman : lorsqu'elle m'avait parlé de ce qui était arrivé à son père au Mexique, Fred m'avait passé plusieurs articles de l'*Evening Post* signés par un certain Steffens. « N'ai-je pas lu plusieurs papiers de vous à propos du général rebelle Pancho Villa et de sa révolution au Mexique ? »

Mon interlocuteur s'illumina. « Tout à fait. J'ai chevauché avec lui quand ses troupes ont traversé la frontière et attaqué Columbus, au Nouveau-Mexique, l'année dernière. »

Le navire tangua violemment et nous rattrapâmes tous les quatre nos boissons. « Si vous ne voulez pas d'interview, que puis-je pour vous ? m'enquis-je.

— J'ai été frappé par votre déclaration selon laquelle vous aviez vu l'avenir et que ça marchait, dit-il. Comme vous, je vais en Russie – j'espère interviewer Vladimir Lénine et faire un reportage sur la révolution qu'il compte déclencher. Ayant beaucoup écrit sur la corruption des gouvernements, je nourris de graves inquiétudes quant à l'effet du pouvoir sur les simples mortels, même sur les pieux marxistes comme votre M. Lénine. D'après mon expérience, le pouvoir pollue, monsieur Trotski, et tout groupe qui accède au pouvoir, y compris les bolcheviks de M. Lénine, a de grandes chances d'en abuser.

— Les bolcheviks du camarade Lénine sont aussi les miens, monsieur Steffens. La révolution en Russie en est à ses prémices, sa première phase. J'ai l'intention d'être à Petrograd pour la deuxième phase, qui rendra le pouvoir au peuple travaillant dans les usines et dans les fermes.

— Ce que vous appelez la dictature du prolétariat, fit-il observer.

— Exactement.

— Eh bien, je me flatte d'être ouvert d'esprit, prêt à croire ce que mes yeux voient, dit-il. J'espère que vous avez raison, monsieur Trotski – j'espère que l'avenir que vous prétendez avoir vu marchera bel et bien. Si c'est le cas, je serai le premier à le dire. » Et il ajouta, avec un clin d'œil entendu : « Noir sur blanc. »

Liova intervint : « Mon père ne rentre pas en Russie dans un cheval de Troie.

— Tu as raison », acquiesça M. Steffens, visiblement impressionné. Il se tourna vers moi. « La vérité sort de la bouche des enfants », dit-il. Il se leva et adressa un petit salut à Nata. « Je vous dis merde, monsieur Trotski.

— Je vous demande pardon ? » m'exclamai-je, surpris.

Il sourit. « C'est une manière de vous souhaiter bonne chance dans vos entreprises », expliqua-t-il. Et, se tenant aux tables, M. Steffens retraversa avec précaution le salon qui tanguait.

Le ciel s'assombrit et la houle grossit tandis que le *Kristianiafjord*, se jetant en frémissant contre chaque mur de vagues, avançait sur un millier de milles d'océan infini. Souffrant du mal de mer, Nata et les garçons restèrent dans notre cabine, deux étages au-dessous du pont ; de temps en temps, je remontais prendre une bouffée d'air frais et un sandwich, avec l'espoir de croiser d'autres Russes rentrant comme moi au pays. Mais hormis le barman barbu et un ou deux serveurs, le salon demeura désert pendant les trois jours de traversée. Excepté trois marins canadiens de la marine marchande, de vieux loups de mer à en juger par leur allure, qui avaient été secourus au large du New Jersey après le torpillage de leur navire, la salle à manger de la deuxième classe demeura vide elle aussi, même si je parvins à obtenir de la cuisine des sandwichs pour ma famille. Vous imaginez notre soulagement quand, le vendredi 30 mars, le bateau pénétra dans les eaux plus calmes de la Nouvelle-Écosse, dépassa le phare de Peggy's Cove et négocia son passage dans le chenal menant au port de Halifax, que nous trouvâmes rempli de bâtiments de guerre britanniques et canadiens, et d'une vingtaine de navires de commerce à l'ancre attendant de défier les U-Boots allemands et de livrer armes et munitions dans les ports européens. Le *Kristianiafjord* avait lui aussi jeté l'ancre dans la baie quand Nata me rejoignit sur le pont, inspirant profondément parce qu'elle affirmait sentir l'odeur de la terre luxuriante visible à tribord. Nous regardâmes un élégant garde-côte blanc pavoisé d'un drapeau de l'Union Jack nous accoster, et six marins britanniques portant des guêtres couleur crème et armés de fusils à baïonnette, accompagnés d'un officier barbu dont la veste bleue s'ornait de boutons dorés brillants, monter la passerelle et rejoindre le pont principal. « Tous les passagers sont appelés à se rassembler dans la salle de restaurant des premières classes », ordonna l'un des marins dans un mégaphone. Nata alla chercher les garçons, ainsi que nos passeports et visas, et nous rejoignîmes la centaine de passagers entassés dans la salle. L'officier britannique grimpa sur l'estrade et parla dans le micro. « Je suis le capitaine O. M. Makins, chef du contrôle naval britannique à Halifax », annonça-t-il. Son regard passa au-dessus des têtes des passagers, tandis qu'il examinait la salle. « Lequel d'entre vous est Lev Davidovitch Bronstein, aussi connu sous le nom de Léon Trotski ? »

Nata et moi échangeâmes un coup d'œil ; elle avait manifestement peur. Je levai la main. Deux marins, le fusil à l'épaule, se frayèrent un chemin dans la foule et me saisirent par les bras. Le capitaine Makins s'avança jusqu'à nous. « J'ai l'ordre de vous emmener à terre, votre femme, vos enfants et vous, me dit-il.

— Je refuse catégoriquement de débarquer ! m'exclamai-je. J'ai payé mon passage pour la Norvège sur le *Kristianiafjord*, je suis en possession d'un passeport russe en règle et d'un visa pour Halifax délivré par les autorités britanniques à New York.

— Calmez-vous, monsieur Trotski, dit le capitaine Makins dans un feulement d'un calme menaçant. C'est sûrement un problème administratif. Une fois que nous aurons pu vérifier vos papiers, je ne doute pas que les choses rentreront dans l'ordre. »

Je dus certainement hausser le ton. « La Russie est une alliée de la Grande-Bretagne dans cette guerre ! criai-je. Vous traitez un passager russe d'une manière inadmissible. Je refuse de quitter le navire. »

Sur un signe de tête du capitaine Makins, les deux marins me tirèrent vers les autres soldats britanniques qui bloquaient l'entrée. Nous passâmes devant le journaliste américain et, à son expression, je vis que Steffens était inquiet. « Honte aux Britanniques, s'écria-t-il. Vous déshonorez votre roi et votre pays.

— Vous avez votre article, monsieur Steffens, dis-je. Trotski arrêté par les Britanniques à Halifax, en Nouvelle-Écosse. Assurez-vous qu'il paraisse dans le *New York Evening Post.* » Je réussis à esquisser un sourire. « Nous les Russes avons un dicton pour ce genre de situations, ajoutai-je par-dessus mon épaule. *Znal by, gdé upast, tam solomki postal by.* » Et je traduisis à son intention : « Si je savais où tomber, je répandrais de la paille à cet endroit. »

Nata et les garçons, escortés par plusieurs marins armés, me rejoignirent sur le pont principal près de la passerelle. En découvrant mes fils à côté des soldats fusils à la main, je fus soudain saisi par l'angoisse : j'eus la certitude qu'ils allaient me débarquer et me tuer. Je m'arrêtai de marcher, mais les deux marins qui me tenaient les bras me tirèrent pour me forcer à avancer, mes pieds traînant par terre. Aussitôt, Liova se précipita. « Tu veux que je les tape, papa ? » s'écria-t-il. Je vis les larmes dans ses yeux et j'entendis ces mêmes larmes dans sa voix paniquée. « Ne les frappe pas, ordonnai-je à Liova. Tu risques de leur faire mal. » Derrière nous, la trentaine de passagers russes qui, comme moi, rentraient au pays se massa sur le pont principal. Le capitaine Makins se retourna, la main posée sur la crosse du gros pistolet de marine dans son étui. « Si vous vous opposez à un officier de contrôle britannique, hurla-t-il, vous serez débarqués aussi. »

Une femme russe aux longs cheveux gris défia le capitaine Makins. « Trotski est l'apôtre de la liberté, s'exclama-t-elle. Longue vie à la révolution socialiste.

— L'Angleterre est l'ennemie de la liberté ! criai-je. Longue vie au socialisme.

— Ferme ta grande gueule, ordonna un des marins qui me traînaient vers la passerelle, ou on s'en chargera pour toi.

— Tu veux que je lui lave la bouche avec du savon, papa ? » s'écria Liova. Et il éclata en sanglots.

Nous finîmes par passer la nuit sur des lits de camp dans une pièce humide de Fort George, la forteresse en forme d'étoile bâtie sur une colline dominant Halifax, pièce dont l'unique fenêtre était munie de barreaux en fer – afin que personne ne puisse mourir en se jetant dans le vide, sans doute. Deux prisonniers de guerre allemands, en uniformes de marin élimés, nous apportèrent des plateaux en fer-blanc garnis de hachis et d'un mélange de légumes trop cuits qui étaient encore sur les plateaux quand ils vinrent les récupérer. Les garçons sombrèrent enfin dans un sommeil agité, Nata somnola par intermittence et je gardai les yeux grands ouverts pendant les heures interminables jusqu'à l'aube.

« Qu'est-ce qu'on va devenir ? » murmura Nata quand les premières lueurs du jour filtrèrent par la fenêtre à barreaux.

Je m'agenouillai près de son lit de camp de sorte que nos têtes se touchaient presque. « Si nous sommes séparés, lui dis-je, tu dois trouver un moyen d'envoyer des télégrammes au consulat de Russie à New York et à l'ambassade à Ottawa. Avec un peu de chance, les journaux new-yorkais relaieront l'article de ce journaliste américain dans l'*Evening Post*. Notre seul espoir est de mettre sous pression les autorités britanniques d'ici. S'il te plaît, répète après moi : Trotski, qui est en possession d'un passeport en règle, d'un visa en règle et d'un titre de transport valide, s'est vu privé de ses droits juridiques.

— Trotski, qui est en possession d'un passeport en règle…

— D'un visa en règle.

— D'un visa en règle ainsi que d'un titre de transport valide, s'est vu privé de ses droits juridiques, murmura-t-elle.

— Dis-leur que Trotski exige leur intervention immédiate pour protéger les intérêts de citoyens russes et l'honneur du gouvernement qu'ils représentent.

— Intervention immédiate… protéger les intérêts de citoyens russes… l'honneur du gouvernement qu'ils représentent », répéta Nata. Elle ne put s'empêcher d'ajouter : « J'ai très peur, Lev. Pour toi. Pour les garçons. »

Je sortis l'enveloppe de billets de Lou Fraina planquée dans une de mes chaussettes et la glissai sous le manteau que Nata avait roulé en boule pour s'en servir d'oreiller. « *Ou kajdoï sobaki svoï dién*, chuchotai-je. Chaque chien a son jour. Le nôtre viendra, je te le promets. »

Lorsque le soleil fut au-dessus de l'horizon, quatre marins britanniques me firent descendre plusieurs étages pour m'emmener dans un garage souterrain rempli de véhicules militaires. Une Vauxhall d'un noir brillant – je me rappelai être monté dans une voiture semblable lors de ma première rencontre avec Lénine à Londres, dans ce qui me semblait une vie antérieure – était garée devant les doubles portes en bois, moteur allumé. Un civil était assis à côté du conducteur, lui aussi civil. Un jeune officier de marine canadien installé à l'arrière ouvrit la portière et m'adressa un sourire aimable. « Montez, je vous en prie, monsieur Trotski. »

Je ne pensais pas avoir le choix. « Où m'emmenez-vous ? » m'enquis-je en prenant place à côté de lui. L'officier canadien tapa sur la vitre en verre nous séparant des deux civils assis à l'avant. Passant la première au moment où les portes s'ouvraient, le chauffeur engagea la Vauxhall sur une longue rampe de sortie avant de rejoindre une route à deux voies. Une deuxième Vauxhall transportant des marins roulait derrière nous.

« Pour répondre à votre question, et sûrement à vos craintes : j'ai l'ordre de vous emmener dans la ville d'Amherst, à environ une heure et demie d'ici. » Il montra la gamelle et la Thermos posées entre nous sur la banquette. « J'ai pris la liberté d'apporter des sandwichs et du café chaud, ajouta-t-il.

— Pourquoi Amherst ? demandai-je. Qu'y a-t-il à Amherst ? »

Il rit sous cape. « Un établissement canadien pour prisonniers de guerre, où sont retenus des soldats allemands capturés sur le front de l'ouest.

— Je suis donc considéré comme un prisonnier de guerre, bien que citoyen d'un pays allié à la Grande-Bretagne ? »

L'officier canadien haussa les épaules. « Je ne fais qu'obéir aux ordres », dit-il. À voix basse, il ajouta :

« Quoique sans enthousiasme. Je m'appelle Blake, monsieur Trotski, William Blake, comme le célèbre poète anglais. J'étais avocat dans la vie civile. Quand j'ai été mobilisé, l'armée m'a assigné à la branche de la justice militaire canadienne. Ce qui vous étonnera – et vous expliquera mon manque d'enthousiasme pour cette mission à Amherst –, c'est que je suis un socialiste encarté ; donc non seulement je sais qui est Trotski, mais j'ai aussi beaucoup d'admiration pour ce que vous avez accompli, sans parler de ce que vous avez écrit. »

En entendant ça, je respirai un peu mieux – on ne m'emmenait pas dans un champ isolé pour me fusiller. « Je ne serais pas contre une tasse de votre café chaud », admis-je.

Sirotant le café qu'il avait versé de la Thermos, je lui demandai si ma femme et mes fils étaient aussi en état d'arrestation. « Sûrement pas, répondit-il. Ils seront installés dans une pension près du front de mer de Halifax le temps nécessaire.

— Nécessaire à quoi ? »

Blake lâcha un aimable gloussement. « Nécessaire à vos tribulations, monsieur Trotski. »

Je décidai de pousser mon avantage auprès de ce socialiste encarté. « Avez-vous une idée des raisons pour lesquelles je suis retenu ?

— J'ai vu les documents », m'apprit Blake. Il baissa la voix. « Vous devez me promettre de ne révéler à personne que vous le tenez de moi…

— Vous avez ma parole.

— Le câble chiffré était signé d'un certain Wiseman, à New York, un gros bonnet des services de renseignement britanniques en Amérique, si j'ai bien compris. Il donnait des instructions à son homologue à Halifax. Ce Wiseman indiquait que vous aviez reçu des fonds de juifs et peut-être même d'Allemands, que vous retourniez à Petrograd rejoindre Vladimir Lénine pour renverser le gouvernement provisoire post-tsariste, que vous n'aviez l'un et l'autre jamais fait mystère de votre intention de signer un armistice, ce qui, n'importe quel idiot s'en rendrait compte, serait un désastre pour les Britanniques et leurs alliés français : l'Allemagne, n'ayant ainsi plus à combattre des millions de soldats russes à l'est, pourrait concentrer ses armées sur le front de l'ouest. Wiseman affirmait que vous représentiez une plus grande menace pour les intérêts anglais que l'empereur Guillaume II en personne et il donnait l'ordre au chef du contrôle naval britannique à Halifax, le capitaine Makins, de monter à bord du *Kristianiafjord* et d'arrêter le fauteur de troubles – ce sont ses mots, pas les miens – nommé Léon Trotski. Il était impératif, écrivait-il, de vous empêcher de poursuivre votre voyage de retour vers la Russie. D'où vos tribulations à Halifax. »

La Vauxhall s'arrêta à un feu rouge. La voiture transportant les marins fit de même derrière nous. Quand le feu passa au vert, nous traversâmes un vaste quartier de misérables bicoques en plaques de tôle ondulée rouillées.

« La prospérité capitaliste ! fis-je remarquer avec ironie.

— Le paradis perdu capitaliste, acquiesça William Blake. C'est la raison pour laquelle je suis socialiste. »

Je me tournai vers lui. « J'imagine qu'il n'y a pas moyen de… »

Il ne me laissa pas aller au bout de ma pensée. « J'ai déjà pris un grand risque en vous parlant du document de Wiseman, monsieur Trotski. Comprenez que je ne puisse faire davantage. »

Je regardai William Blake dans les yeux. « En tant que représentant de la Deuxième Internationale socialiste et de ses milliers de camarades nourrissant l'espoir de détruire les taudis pour construire de solides maisons de briques à destination des ouvriers et des paysans, je tiens à vous remercier de votre solidarité. »

William Blake jeta un coup d'œil nerveux aux deux civils riant d'une blague que la vitre de séparation nous empêchait d'entendre. « Chaque socialiste doit apporter sa poignée de sable si nous voulons faire une montagne d'une taupinière, dit-il dans un murmure.

— Amen. »

21

La fin – une utopie ouvrière – justifie tous les moyens, quels qu'ils soient…

L'établissement d'Amherst se révéla être une prison canadienne de fortune installée dans une usine métallurgique abandonnée longue comme plusieurs terrains de football et pleine à craquer d'une forêt de triples lits superposés s'étendant à perte de vue. Les gigantesques baraquements avaient été équipés de seulement quatre latrines pour les huit cents prisonniers – pas étonnant qu'il y ait la queue devant les toilettes vingt-quatre heures sur vingt-quatre. À mon arrivée à Amherst, on m'escorta à l'infirmerie du camp, où je dus me déshabiller entièrement devant une demi-douzaine de plantons canadiens et subir une fouille corporelle humiliante. Le médecin qui remplit ce qu'il appela mon casier judiciaire consigna méticuleusement ma taille (un mètre soixante-dix-huit), mon poids (soixante-deux kilos), ainsi que la couleur de mes yeux (bleu pâle) et de mes cheveux (bruns). Puis on prit ma photo et mes empreintes digitales. Comme j'étais plus âgé que la plupart des prisonniers allemands, on m'attribua une couchette du bas, dans l'idée qu'à trente-huit ans j'étais trop décrépit pour me hisser sur celle du haut. Un intendant militaire canadien qui semblait avoir un piquet en guise de colonne vertébrale me fournit deux treillis allemands propres et m'assigna des corvées subalternes – les semaines suivantes, j'épluchai des pommes de terre, je récurai les cuvettes des w.-c., lavai le sol des latrines, vidai des poubelles dans des camions à benne garés dans une allée. Une fois mes désagréables corvées terminées pour la journée, je m'installais sur ma couchette et j'avançais péniblement dans ma lecture d'une édition en deux volumes de Goethe que j'avais réussi à extraire d'un placard plein de livres usagés, afin de réviser mon allemand. Ayant quelques restes de mon séjour à Berlin, je pus discuter avec mes codétenus, curieux de savoir comment un Russe avait fini dans un camp de prisonniers de guerre allemands. Assis au bord de ma couchette le soir après le rassemblement au réfectoire, je commençai à donner des causeries informelles – d'abord à une poignée de prisonniers lassés de leurs interminables jeux de cartes et n'ayant rien de mieux à faire. Mais le bruit courut rapidement et bientôt une foule debout – parmi laquelle deux ou trois gardes canadiens parlant couramment allemand – vint m'écouter expliquer la dialectique de Marx ou sa théorie de la plus-value. Je finis par me lier d'amitié avec un groupe de prisonniers bavarois qui avaient été secourus en 1914, après que la marine royale britannique eut coulé le *Sharnhorst*, croiseur cuirassé de la marine impériale allemande. Chuchotant dans le noir après l'extinction des feux, ils me racontèrent les derniers moments du *Sharnhorst*, qui avait sombré par la poupe au large des îles Malouines. Les jeunes Bavarois ne faisaient pas mystère de leur mépris à l'égard de leur gouvernement pour avoir entraîné l'Allemagne dans une guerre sur deux fronts qu'elle ne pouvait pas gagner. M'inspirant de mes nouveaux amis, j'abandonnai le thème de la théorie marxiste et me mis à discourir sur la révolution que Lénine ne manquerait pas de déclencher en Russie. Le sujet dut toucher un point sensible. En réponse à des questions, j'exprimai l'espoir que la révolution de Lénine en Russie inspirerait des révolutions sœurs dans d'autres pays industrialisés, en particulier en Allemagne, où existait un prolétariat exploité. « Lorsque cette guerre abominable prendra fin, me souviens-je d'avoir dit à mes amis bavarois lors d'une de ces causeries impromptues, les survivants que vous êtes auront une obligation envers ceux qui ont péri avec le *Sharnhorst* : vous devrez suivre l'exemple de nos camarades russes qui ont renversé leur tsar et vous débarrasser de votre Kaiser en même temps que des capitalistes enragés, dans son entourage, qui ont engagé cette guerre insensée. Vous devrez donner corps à une utopie ouvrière en Allemagne, mes amis.

— Que faire des ouvriers qui ne sont pas attirés par notre utopie ? demanda un Bavarois barbu.

— Il faut les traiter comme on traite la gangrène : les purger sans pitié.

— D'accord pour éliminer des ennemis de classe, intervint un jeune marin dont un côté du visage présentait des cicatrices de brûlure. Mais franchement, je ne pourrais pas, en conscience, traiter mes camarades ouvriers comme je traite les capitalistes propriétaires des usines.

— Selon les célèbres mots de Hamlet, la conscience fait de nous des lâches, leur dis-je. Si votre conscience fait obstacle à la révolution et à la création d'une utopie ouvrière, alors cette entrave, cette conscience, doit devenir la première victime de la révolution. »

Le marin défiguré inclina la tête avec curiosité. « Vous dites que nous devons engager notre révolution sans l'assistance d'une conscience ?

— Je dis que la fin – une utopie ouvrière sans classes, sans criminalité – justifie tous les moyens, quels qu'ils soient. Si votre conscience entrave cette fin, il faut l'expédier dans la poubelle de l'histoire. »

Mon appel à la révolution lancé aux prisonniers dut être rapporté aux autorités par l'un des gardes germanophones puisque, dès le lendemain matin, je fus intercepté pendant que je bataillais avec les poubelles dans l'allée et escorté par deux soldats canadiens armés jusqu'au bureau du commandant du camp. Un certain colonel Arthur Henry Morris, d'après la plaque en bois posée sur la table faisant office de bureau. « Je crois savoir que vous parlez anglais aussi bien qu'allemand », grommela-t-il, me contemplant avec le dédain des officiers britanniques pour les insoumis. Il tortilla du bout des doigts l'extrémité de sa moustache pour en faire une pointe fine. « Il paraît que vous prêchez les vertus de la révolution à mes prisonniers de guerre allemands ?

— Je leur suggérais de faire la révolution en Allemagne… commençais-je, mais il balaya mes mots d'un mouvement de son poignet délicat.

— Les révolutions sont contagieuses, tout le monde le sait », lâcha-t-il, et je m'aperçus que son visage se contractait de colère à chaque phrase. Le colonel Arthur Henry Morris n'avait pas l'habitude d'être contredit. « J'ai déjà eu affaire à votre engeance lorsque j'étais affecté en Inde, me prévint-il. Si vous, les Russes, décidez de vous débarrasser de votre tsar…

— C'est déjà fait, remarquai-je.

— Je vous prierais de ne pas m'interrompre. Si vous, les Russes, vous débarrassez de votre tsar, disais-je, et si les Allemands chassent leur Kaiser, notre bien-aimé roi George – qui se trouve malgré lui être le cousin du Kaiser – sera le suivant sur la liste. Le fait que nous, Britanniques, en vertu des principes juridiques internationalement reconnus, traitions nos prisonniers correctement conduit les gens de votre espèce à tirer les mauvaises conclusions. Vous prenez notre correction pour un signe de faiblesse. Laissez-moi vous détromper, Trotski : nous avons des protocoles pour les fauteurs de troubles comme vous. Je vous en foutrais, moi, des révolutions !

— Puisque vous vous conformez, dites-vous, aux principes juridiques internationaux, peut-être pourrez-vous m'indiquer le fondement de mon arrestation et de mon incarcération. »

Les joues du colonel s'empourprèrent davantage si c'était possible. « Vous représentez un danger pour le gouvernement britannique actuel…

— Si je représente un danger pour le gouvernement britannique, pourquoi ce même gouvernement m'a-t-il délivré un visa pour Halifax ?

— Vous êtes dangereux pour les Alliés en général. Les Alliés ne vous ont pas délivré de visa pour Halifax. »

Je voyais bien que nous tournions en rond, le colonel colonialiste et moi. « Puis-je au moins téléphoner à ma femme ? demandai-je.

— Ce n'est pas autorisé.

— Pour la correction britannique, on repassera, marmonnai-je.

— Je vous autorise à lui envoyer un télégramme. Les télégrammes, expliqua-t-il, sont autorisés. »

Je saisis l'occasion. « Puisque les télégrammes sont autorisés, je veux en envoyer un au consulat de Russie à Montréal. »

Le colonel considéra ma demande. « Puisque vous êtes un ressortissant russe, dit-il, je ne vois pas comment je peux légitimement refuser. »

L'aide de camp d'Arthur Henry Morris, un lieutenant au visage poupin et aux lunettes en culs-de-bouteille, m'apporta un bloc de télégrammes vierges et un stylo-plume. Penché sur le bureau du colonel, j'écrivis : « 5 avril 1917 : Détenu sans raison valable par les autorités militaires britanniques stop interné à Amherst avec des prisonniers de guerre allemands stop exige votre intervention immédiate pour protéger les intérêts des citoyens russes et la dignité du gouvernement que vous représentez. »

Tortillant négligemment l'autre extrémité de sa moustache jusqu'à en faire une pointe fine, le colonel jeta un coup d'œil au télégramme. « Vous êtes un drôle d'oiseau, Trotski, dit-il. Ça vous intéressera peut-être d'apprendre que mes prisonniers allemands font circuler une pétition nous enjoignant de vous libérer. Si cela ne tenait qu'à moi, je vous éjecterais séance tenante. Il ne faudrait pas que notre illustre révolutionnaire russe contamine mes prisonniers allemands, n'est-ce pas ?

— Les contamine ? »

Le colonel perdait patience. « Les convertisse au communisme, n'est-ce pas ?

— Le communisme est le remède, colonel Morris, pas le mal. »

Le colonel agita un doigt vers son aide de camp. « Emmenez-le hors de ma vue avant que j'oublie que je suis un officier et un gentleman. »

Le lieutenant claqua les talons. « À vos ordres ! » aboya-t-il. Puis il fit un pas en arrière et ouvrit la porte du bureau devant moi.

22

J'étais en chemin vers l'avenir turbulent…

Une fin d'après-midi, quasiment un mois après le début de mon calvaire à Amherst, je m'installais sur ma couchette en compagnie de mon Goethe en deux volumes quand un sergent-major britannique obèse apparut à la porte la plus proche de mon côté du baraquement. « Trotski, Léon, on se bouge, brailla-t-il. Apportez votre barda si vous en avez un. » Je supposai qu'on me transférait dans une autre aile du vaste bâtiment de fer pour m'empêcher de contaminer mes amis bavarois. Dégringolant du lit, je fourrai Goethe, mes vêtements civils, le deuxième treillis et mes affaires de toilette dans un sac à linge en toile et me présentai devant le sergent à la porte. « Trotski, Léon, présent pour des tribulations supplémentaires », dis-je en claquant les talons. Par-dessus son épaule, je repérai la Vauxhall noire brillante garée près d'un camion à benne dans l'allée. Le pot d'échappement fumait et mon copain socialiste encarté William Blake tenait la portière arrière ouverte en me faisant signe. Derrière moi dans le baraquement, les Bavarois poussèrent des clameurs. « Ils libèrent Trotski, camarades », cria quelqu'un. En un battement de cils, les prisonniers allemands déferlèrent dans l'allée et formèrent une haie d'honneur de la porte jusqu'à la Vauxhall. Enivré par l'idée que mes tribulations étaient peut-être enfin derrière moi, je passai devant les Bavarois, qui se mirent au garde-à-vous et saluèrent.

« Un sacré adieu qu'ils vous adressent, dit Blake pendant que je déposais mon sac à linge dans le coffre, avant de me glisser sur la banquette arrière. Qu'avez-vous fait pour mériter ça ?

— Je les ai incités à virer leur Kaiser et à organiser une révolution en Allemagne une fois la guerre finie.

— Ça alors ! Je me demandais pourquoi ils avaient décidé de vous libérer. Tout s'explique : notre monarchie britannique ne voit pas d'un bon œil la révolution – où qu'elle soit et quelle qu'en soit la raison. » Blake tapa sur la vitre de séparation et la Vauxhall descendit l'allée. Derrière nous, on entendait les Bavarois chanter *Langes Leben für Trotski, langes Leben für Trotski.* Blake tourna la tête pour regarder par la lunette arrière. « Qu'est-ce qu'ils disent ? demanda-t-il.

— Ils me souhaitent la seule chose que je n'aurai très probablement pas.

— Qui est ?

— La longévité. »

Blake me lança un regard perçant. « Je ne vous imaginais pas pessimiste, monsieur Trotski. »

Je reniflai. « Disons que je suis fataliste, le corrigeai-je. Une amie, à New York, m'a rappelé que les révolutions dévoraient leurs enfants, ce qui, hélas, nous le savons bien, est historiquement vrai. » Je baissai la voix. « Quelle est la véritable raison de ma libération de votre *établissement* ? »

Blake se rapprocha d'un centimètre et, se penchant vers moi, prononça les mots que j'avais presque perdu l'espoir d'entendre. « Compte tenu des articles parus en une des journaux de New York et de Petrograd rapportant l'incarcération du célèbre Léon Trotski avec des prisonniers de guerre allemands, sans parler du déluge de télégrammes que votre Natalia et vous avez envoyés comme on lance des confettis, l'affaire a pris de sérieuses proportions. Sans doute inquiet, le chargé d'affaires russe à Londres a rappelé au Foreign Office britannique que vous disposiez d'un passeport russe en règle. Le Foreign Office l'a rappelé au chef du contrôle naval britannique à Halifax, lequel a, à son tour, ordonné au colonel à la tête de l'établissement d'Amherst d'autoriser le socialiste russe Léon Trotski à continuer tranquillement son voyage vers la Russie. »

Je ne pus m'empêcher de rire. « Tranquillement, c'est vous qui le dites, mon ami. »

William Blake sourit. « *Mea maxima culpa* », dit-il à mi-voix.

Blake me déposa devant la pension dominant le port de Halifax. Nata et les garçons, qui n'avaient pas été prévenus, n'en crurent pas leurs yeux quand un inconnu pas rasé, vêtu d'un treillis allemand, se présenta sur le seuil. Liova fut le premier à me reconnaître. « C'est papa ! s'écria-t-il en se précipitant dans mes bras.

— Bon retour à la civilisation, mon cher Lev », dit Nata, passant les doigts sur mon menton barbu. Sergueï et elle m'étreignirent.

J'avoue sans honte que nous célébrâmes ma libération ce soir-là dans un bistro du front de mer, avec des chopes de bière pression pour les adultes et de grands verres de cidre canadien pour les garçons. Le lendemain matin, 30 avril 1917, au point du jour, un chaland du port nous convoya jusqu'au *Hellig Olav*, un navire à vapeur américano-scandinave, qui leva l'ancre dès que nous fûmes en sécurité à bord et, une fois sorti du port de Halifax, plongea dans la houle au large de la Nouvelle-Écosse, en route vers la cité portuaire de Christiania, en Norvège ; de là, un train nous emmènerait jusqu'au désordre révolutionnaire de Petrograd.

Dix ans après avoir fui la Russie et six semaines après avoir quitté New York, j'étais enfin en chemin vers l'avenir turbulent, avec le fol espoir que mes camarades bolcheviques et moi réussirions à le faire marcher.

Postface

Lev Davidovitch Bronstein, plus connu sous le nom de Léon Trotski, rentra en Russie pour organiser et diriger la révolution bolchevique de 1917 fomentée par Vladimir Lénine. En 1918, il négocia avec l'Allemagne le traité de paix de Brest-Litovsk, qui cédait une grande parcelle du territoire russe à l'envahisseur, mais mettait un terme à la participation de la Russie à la Première Guerre mondiale. Il créa et commanda l'Armée rouge, qui défendit avec succès la révolution bolchevique pendant la guerre civile (1918-1922) menée par les armées blanches contre-révolutionnaires et leurs alliés antibolcheviques (l'Angleterre, la France, la Tchécoslovaquie, le Japon et les États-Unis), désireux de restaurer le pouvoir des Romanov. Au cours de cette impitoyable guerre civile, Trotski – commandant sans l'aide d'une conscience… – devint tristement célèbre pour être arrivé sur le front dans son train blindé, avoir aligné les survivants d'une brigade rouge qui s'étaient débandés et avaient fui devant un assaut des Blancs, avoir ordonné à un soldat sur dix d'avancer d'un pas – et les avoir fait fusiller. Alors que la guerre civile faisait rage, Trotski se révéla un partisan enthousiaste de la Terreur rouge de Lénine ; s'inspirant de l'impitoyable règne de la Terreur de la Révolution française, durant lequel les ennemis de la Première République nouvellement instaurée étaient « raccourcis d'une tête », les bolcheviks procédèrent à l'exécution sommaire de dizaines de milliers d'opposants politiques, réels ou potentiels, dans le dessein d'étouffer toute dissidence.

Trotski était généralement considéré comme l'héritier et le successeur naturel de Lénine. Mais au début des années 1920, Iossif Vissarionovitch Djougachvili, alias Staline, nommé par Lénine au poste de secrétaire général du parti communiste de l'Union soviétique, assumait les tâches ingrates pour lesquelles les intellectuels n'avaient aucune patience : recruter, organiser et diriger le parti aux échelons régionaux et locaux. À l'instar de Boukharine et des autres intellectuels du premier cercle autour de Lénine, Trotski sous-estima grandement Staline ; le braqueur de banque de Gori, qui parlait russe avec un accent géorgien, s'imposa comme un politicien diabolique. À la mort de Lénine, en 1924, c'est lui qui contrôlait le parti et les leviers du pouvoir étatique, gouvernant le pays d'une poigne de fer avec la complicité de la Commission extraordinaire panrusse pour la répression de la contre-révolution et du sabotage, police secrète plus connue sous son nom abrégé de Tchéka. Comme le personnage de Fred le prédit dans le chapitre 12, sous Staline, la dictature *du* prolétariat finit par devenir une dictature *contre* le prolétariat.

Staline s'assura que son principal rival, Trotski, ne soit pas même invité aux funérailles de Lénine et, au cours des années suivantes, l'écarta progressivement du Politburo, du Comité central, du parti communiste et le priva de sa position à la tête de l'Armée rouge. Le *vojd* (chef tribal, leader suprême) finit par contraindre Trotski à l'exil à Alma-Ata et, en 1929, l'expulsa de l'Union soviétique. Mais il ne réussit pas à le faire taire : livre après livre, Trotski attaqua son ennemi Staline, l'accusant d'exagérer son rôle dans la révolution bolchevique, d'être un tueur de masse responsable de la mort de millions d'Ukrainiens, d'affaiblir l'Armée rouge à force de purges, puis de n'avoir pas préparé le pays à l'inévitable guerre contre Hitler. Dans *La Révolution trahie*, Trotski ne mâchait pas ses mots : l'Union soviétique de Staline était dirigée par une « caste de maîtres avides, menteuse et cynique » qui risquait de « dévorer l'État ouvrier [1] ».

En 1937, après des années d'errance les ayant menés en Turquie, en France et en Norvège, Trotski et sa compagne, Natalia Sedova, se réfugièrent au Mexique, où les accueillirent deux artistes communistes distingués : Diego Rivera et sa belle épouse,

1. Grasset, 1936, traduction de Victor Serge.

Frida Kahlo. (Trotski eut une histoire d'amour brève mais intense avec Frida, qui m'a inspiré pour imaginer sa liaison à New York avec Fred, la journaliste du *Brooklyn Daily Eagle* à moitié mexicaine.)

Exiler son véhément rival ne suffit pas à étancher la soif de sang de Staline. Nina, la fille de Trotski, mourut des suites de la tuberculose à vingt-six ans, en 1928, à Moscou, après s'être vu refuser des soins médicaux. Sa sœur aînée, Zina, marxiste convaincue, atterrit à Berlin lorsqu'on lui retira sa citoyenneté soviétique. Atteinte de tuberculose pulmonaire, souffrant d'une profonde dépression après que Staline eut fait savoir qu'aucun membre de la famille Trotski en exil ne pourrait retourner en Union soviétique, elle se suicida en ouvrant le robinet du gaz en 1933. Elle avait trente-deux ans.

Les maris des deux filles de Trotski furent exécutés. Son frère aîné, Alexandre, fut arrêté et éliminé en 1938, et sa jeune sœur Olga (femme du vieux bolchevik Léon Kamenev, lui-même condamné à mort en 1936 lors d'un procès truqué et fusillé par un peloton d'exécution) subit le même sort en 1941.

Alexandra Sokolovskaïa Bronstein, l'épouse légitime de Trotski, qu'il avait abandonnée en Sibérie lorsqu'il s'était échappé de la prison où il purgeait une peine à vie, disparut au milieu des années 1930, lors d'une des grandes purges de Staline, et fut sans doute exécutée en 1938.

Le plus jeune fils de Trotski, Sergueï, retourna en Russie avec ses parents en 1917, mais commit l'erreur fatale d'y rester lorsque son père fut forcé à l'exil. Arrêté et envoyé dans un camp de travail, il fut fusillé en 1937. Il avait vingt-neuf ans.

Le fils aîné de Trotski, Liova, disciple passionné de son père et l'un de ses plus proches collaborateurs, fut hospitalisé d'urgence à Paris, en 1938, pour une appendicectomie. Il fut opéré par des médecins russes émigrés et soupçonnés d'avoir des liens avec la police secrète soviétique. Après l'intervention, sa santé se détériora rapidement et il mourut une semaine avant son trente-deuxième anniversaire. Trotski lui-même était convaincu que son fils avait été assassiné.

Ayant survécu à ses quatre enfants et sachant que Staline chercherait à l'éliminer, Trotski se réfugia dans une maison aux allures de forteresse à Mexico, protégée vingt-quatre heures sur vingt-quatre par des gardes armés. En 1940, la police secrète de Staline réussit à infiltrer un communiste espagnol du nom de Ramón Mercader, amant de la secrétaire de Trotski, dans le premier cercle de ce dernier. Par une chaude journée d'été, Mercader arriva vêtu d'un imperméable sous lequel il dissimulait un piolet. Seul avec Trotski dans son bureau, il le lui planta dans le crâne. Dans la pièce voisine, Natalia Sedova entendit un cri d'agonie. « Lev Davidovitch apparut, appuyé contre le montant de la porte, se souvint-elle. Il avait le visage couvert de sang, les bras pendant le long du corps. » Dévoré par la révolution qu'il avait déclenchée, le révolutionnaire mondialement couvert d'infamie qui avait prétendu avoir vu l'avenir et était convaincu qu'il pourrait le faire marcher mourut à l'hôpital le lendemain.

Natalia, qui avait rencontré Trotski en 1902 et ne l'avait ensuite plus quitté, demeura dévouée au père de ses fils même après avoir découvert sa liaison avec Frida Kahlo. Elle vécut au Mexique après l'assassinat et co-signa une biographie de Trotski. Elle mourut en France en 1962, à l'âge de quatre-vingts ans.

Nikolaï Boukharine : rentré en Russie en 1917, il s'éleva rapidement dans les rangs bolcheviques jusqu'à devenir le principal théoricien marxiste du parti. Il acquit une réputation d'humaniste lorsqu'il prit sous son aile les poètes Ossip Mandelstam et Boris Pasternak. Dans la lutte pour le pouvoir qui opposa bientôt Staline à la vieille garde bolchevique, Boukharine prit d'abord prudemment le parti de Staline. Mais il rompit ensuite avec le *vojd*, contestant la collectivisation forcée de l'agriculture et la liquidation des koulaks qui s'y opposaient. Pour finir, Staline se montra meilleur tacticien que lui et Boukharine fut lui aussi dévoré par la révolution à laquelle il avait participé. Il fut arrêté en 1938, condamné pour trahison et obligé d'avouer publiquement un complot imaginaire de « saboteurs ». Condamné à mort, il fut emmené dans la cave de la prison de la Loubianka, à Moscou, et abattu d'une balle dans la nuque.

Alexandra Kollontaï : fille d'un général de l'armée impériale russe et d'une Carélienne d'origine paysanne, Kollontaï fut dès son jeune âge une militante marxiste et une communiste fervente qui soutint passionnément le mouvement féministe naissant et la révolution en Russie. Sa route croisa pour la première fois celle de Trotski en 1905 à Saint-Pétersbourg, où elle fut témoin du massacre des Russes manifestant devant le palais d'Hiver du tsar, événement resté dans les mémoires sous le nom de Dimanche rouge. Lors de la prise du pouvoir par les bolcheviks, en 1917, elle figura parmi les fondatrices du Jenotdel, le département féminin du comité central chargé de faire connaître aux femmes les lois novatrices sur le mariage, l'éducation et le travail instaurées par la révolution. Elle devint la première femme commissaire du peuple (l'équivalent d'une ministre) dans le gouvernement soviétique et fut plus tard la première femme nommée ambassadrice de l'Union soviétique. Elle vécut ensuite à l'étranger pendant une vingtaine d'années et s'appliqua à faire profil bas, ce qui explique certainement qu'elle fut parmi la poignée de Vieux Bolcheviks à ne pas avoir été dévorés par la révolution à laquelle elle avait participé. Elle mourut à Moscou en 1952, à l'âge de soixante-dix-neuf ans.

Lou Fraina : communiste fervent et engagé, principal théoricien du mouvement communiste américain, Fraina fut l'un des fondateurs du parti communiste américain en 1919. Il dirigea deux des premiers journaux communistes aux États-Unis, *The New International* et *The Revolutionary Age*. Cible des investigations de sinistre mémoire du sénateur Joseph McCarthy sur l'influence communiste en Amérique, Fraina dut mener une bataille juridique coûteuse pour ne pas être expulsé. Les poursuites ne furent abandonnées que quand Fraina mourut d'une hémorragie cérébrale en 1953, à soixante et un ans.

Table

Cet ouvrage a été mis en pages par

<pixellence>

CET OUVRAGE
A ÉTÉ ACHEVÉ D'IMPRIMER
SUR ROTO-PAGE
PAR L'IMPRIMERIE FLOCH
À MAYENNE EN SEPTEMBRE 2024

N° d'édition : 447558-0. N° d'impression : 105565
Dépôt légal : octobre 2024
Imprimé en France